新　潮　文　庫

短編小説より愛をこめて

阿刀田　高著

新　潮　社　版

8470

目次

I

II

III

短編小説より愛をこめて

カット　矢吹申彦

I

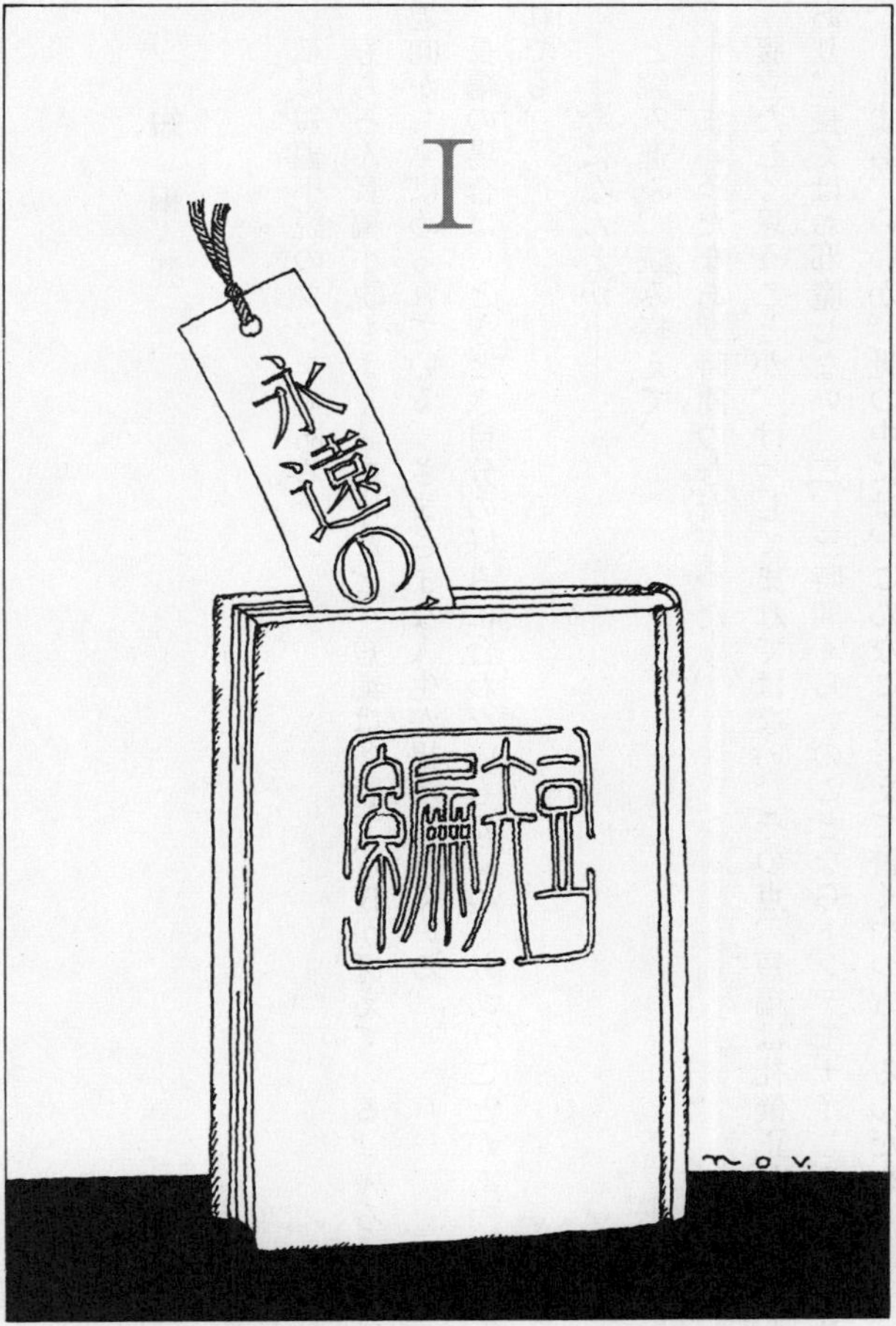

短編狂

私は短編小説のファンである。

もちろん長編小説もよく読むけれど、短編は多彩で、技が冴《さ》えている。いろいろな趣向がちりばめられている。さまざまな人生が提示されている。

長編の場合は、ときどき自分の好みに合わないものにめぐりあうことがあって、それでも、

——今になんとか——

と読み進み、読み終えて、

——まいったなあ。時間のむだだった——

腹立たしく思うことが、けっしてまれではない。その点、短編は礼儀正しい文学であり、長くはお邪魔しない。二、三時間くらいのことならトンデモナイしろものでも、

——まあ、いいか。世の中には、こんなこと考えて書くやつもいるんだな——

と許容することができる。

それに、私たちは、まず初めに短編から文学の道に入るのではあるまいか。童話や昔話はほとんどが短いストーリーだし、いきなり〈ハリー・ポッター〉からというケースは少ない。

私自身の十代は〈落語全集〉〈銭形平次捕物控〉〈芥川龍之介集〉の三冊だった。どれもみな短編と言えば短編だ。太平洋戦争直後の苦しい時代だったから新しい本を……自分好みの本を自由に入手するわけにはいかない。父親の本棚にあるものから、おもしろそうな本を見つけてページを開く。

落語というジャンルは本来は高座で演じられるのを聞いて、

「円生《えんしょう》はやっぱりいいねえ」

と鑑賞するものなのだろうが、それはできなかった。もっぱら本で読んだ。暗記するほどよく読んだ。おもしろいから読んだのだが、私がショート・ストーリーの楽しさをここから学んだことはまちがいない。

野村胡堂《のむらこどう》が描いた平次親分は、ほとんどが短編の読み切りで、エンターテインメントとして上質なものだった。確か総ルビつきの本。むつかしい漢字や、古風な表現を知り、さらには遠い時代の風俗習慣に思いを馳《は》せることができた。

芥川龍之介が短編小説の名手であることは疑いない。スケッチのような小品にも楽しさを覚えた。そして、このあたりをとば口にして私はいろいろな文学作品に触れるようになった。また、コナン・ドイルの〈シャーロック・ホームズの冒険〉から（これも短編だ）入って海外ミステリーの味を覚えた。

当時の私の読書は〝自分にとっておもしろいものだけが価値がある〟という方針、充分にわがままな読書だった。そして私は今でも基本的には、

——読書はそれでいいのだ——

と考えている。まず読書を好きになること、その楽しさを知ることが肝要だ、と思う。

若いころから小説家を志していたわけではない。図書館員となり、雑文を書いて小遣いを稼ぐことを覚え、いつのまにか小説家になっていた。なにしろ直木賞受賞作が短編集〈ナポレオン狂〉だったから以後ずっと短い作品を書き続けている。長編小説も十数冊上梓《じょうし》しているし、この先も絶対に書かないとは思わないけれど、昨今は、

——短編小説と心中してもいいかな——

そのくらい短編の魅力に取りつかれている。

短編連作集もすでに二十数冊に達し、最新の〈風の組曲〉は、われながら、

――おもしろい連作集になったかな――

と納得している。

短編小説の技法についても、中じめのような整理が必要となり〈短編小説のレシピ〉〈海外短編のテクニック〉など小冊子を綴《つづ》ってみた。

とにかく短編はすばらしい。長編とあいまって文学の両輪を作っている。その片方をひたすら担当する者がいてもいいだろう。

名作を一つ挙げろと言われれば夏目漱石の〈夢十夜〉を思いつく。最近の発見と言われればジュンパ・ラヒリが浮かぶ。インド系のアメリカ女性作家で、目下のところ〈停電の夜に〉を読んだだけだが、この先が楽しみだ。

まったくの私事だが、私の妻が朗読をやっている。朗読も短編小説を読むケースが圧倒的に多い。その仕事ぶりを横目で見て、あらためて藤沢周平、向田邦子、三浦哲郎などなどをめくる。また〈川端康成文学賞全作品〉――これは各年の優秀短編に与えられた賞の集大成だが、二冊本で二十五年をふり返っている。これも読んで楽しい。

あ、そうだ、ここ二、三週間は意図的にチェーホフの短編小説を読んでいる。チェーホフは劇作家として名高いが、短編小説もうまい。

短編小説に愛をこめて

過日、NHKの〝週刊ブックレビュー〟に出演して、これからの目標を問われたとき、

「短編小説と心中してもいいかなって思っているんですよ」

と答えてしまった。

本心でないことはない。と、奥歯に物が挟まったような言い方は、長編小説を書くことにも、なお少し魅力を感じているからだ。

まあ、おそらく、心中とはそんなものだろう。やったことがないからよくわからないけれど、心中は決心したからと言ってたやすく実行できるものではない。生きることへの未練がタラタラと残っている。私の短編小説との心中もよく似ている。長編小説ばかりではなく、ほかの仕事に対する関心も充分に保持している。

が、それでもなお、これからは書くことも読むことも、研究することも（と少し大げさだが）

——短編小説が中心になるだろうなあ——

この予測と意志は十中八、九を超えてまちがいないような気がする。

根がせっかちのほうなので、昔から短編小説が好きだった。長編小説のたぐいも、子どもの読み物から始まって……たとえば少年講談の数々、〈怪傑黒頭《くろず》巾《きん》〉〈吼《ほ》える密林〉。少し長じて〈宮本武蔵〉〈鳴門《なると》秘帖《ひちょう》〉〈佐々木小次郎〉〈グリーン家殺人事件〉〈Xの悲劇〉〈破戒〉〈真知子〉〈こゝろ〉〈大地〉〈チボー家の人々〉、書き尽せないほど読んで楽しんだけれど、短いほうはグリム童話集、それからすでに触れたように〈落語全集〉（これはまちがいなく短編ユーモア小説だ）〈銭形平次捕物控〉芥川龍之介、そして〈怪人二十面相〉〈シャーロック・ホームズの冒険〉志賀直哉、モーパッサン、O・ヘンリー、二十歳のとき肺結核に罹《かか》って療養生活を送り、入院直後は、

——よい機会だから大河小説でも読もう——

と、事実〈アンナ・カレーニナ〉〈風と共に去りぬ〉〈カラマーゾフの兄弟〉を読んだのだが、この病気はおいしいものを食べさせて寝かせておくのが一番よい療法だから三カ月もすると、心から怠け者になり（私はそうでした）、

——長いのはいかん、読みきれん——

方針を転換してひたすら短いほうを読み始めた。これがめっぽう性に合っていた。

モーパッサンやO・ヘンリーはすでに読んでいたけれど、これをさらに読み尽し（当時は外国文学に憧《あこが》れを抱いていたので）、モーム、ヘミングウェイ、マンスフィールド、アラン・ポー、チェーホフ、片仮名の名前の下に短編集とある文庫本を手当たり次第読みまくった。特に目的があったわけではなく、ただ楽しいから、おもしろいから読んだのである。

翻《ひるがえ》って言えば、療養生活はまことに退屈なものである。だからちょっと楽しいだけのことでもものすごく楽しく感じられる。映画とかスポーツとかギャンブルとか、もっと楽しいことがそばにあったならば、あれほど一途《いちず》に読書に興じられたかどうかはわからない。

病気が癒《い》えて学業を終え、国立国会図書館の職員となり仕事のあいまに小説を読んだりしたが、これもあいまであればこそ長編を読むわけにはいかない。ここでも療養生活で身につけた習慣を発揮してもっぱら短編をよく読んだ。ダール、スレッサー、エリン、ブラッドベリなどイギリスやアメリカの異色作家を知ったのは、後の執筆生活を考えたらとてもラッキーなことだった。

そして松本清張。これは本当によく読みましたねえ。長編も読んだが、私はこの作家の短編がとても好きだ。長編ミステリーで人気を集めた作家ではあったけれど、私はむしろ短編にこそ凄《すさ》まじい筆力を示した作家だと信じている。
私自身は雑文書きから小説家へ。〈冷蔵庫より愛をこめて〉〈ナポレオン狂〉などな
ど短編でデビューしたものだから、それ以後も編集部から、
「短編を一つ」
「短編を十二カ月連作してください」
という注文がひんぱんに告げられ、まったくの話、今日までに八百編ほど書いてい
る。長編は十一作、圧倒的に短いものを多く綴《つづ》ってきた。
これだけ短いものを書き続ければ、そして長い年月のあいだにほかの人の短編を
数多《あまた》、読み続ければ、
――短編小説の特徴はなんだろう？　存在理由はどこにあるのだろう――
ささやかながら文学研究的な視点も生まれる。この方面のエッセイを、たとえば
〈短編小説のレシピ〉〈海外短編のテクニック〉として出版した。
さらに昨今は朗読家の妻が小説を舞台で読むようになった。これは（時間の関係か
ら）完全に短編が対象となる。この方面でも新しい目が開かれた。
つまり読んで、書いて、聞いて、考えて、
――私の行く道はやっぱり短編小説なんだなあ――

心中を思い立った所以《ゆえん》である。

昨今、また新しい連作短編集〈影まつり〉を上梓《じょうし》した。奇妙な味わいを十二編並べて、これは心中への一里塚かもしれない。

地名ジレンマ

朗読家が読むのは小説ばかりではないけれど、私の妻の場合は小説が多いようだ。舞台や録音室でよく小説を読んでいる。私の作品も読む。それを聞いていて作者として考えさせられることは多々あるのだが、その一つに人名、地名のつけかたがある。実在する名前なら、なんの迷いもないけれど、フィクションの場合は、N雄とかS子とか、M市とかT町とか(もちろん甲乙丙丁のたぐいでも同じだが)記号のような名前がよく用いられる。これが朗読にはつらい。せっかくリアリティーを積みあげ、臨場感を創《つく》りあげているのに、

〝P子はK市のQ町で生まれた〟

では、いっぺんに作りものの気配が漂ってしまう。目では許せても耳はつらい。以来、私は記号を避けて、実際にありそうな名前をつけることにしたのだが、佐藤、高橋、幸子に麻美、人名はいくらでも作れるけれど、地名のほうは厄介ですね。架空の地名をつけると、

——そんなの、ないぞ——

読者から苦情が舞い込む。

かつて半村良さんが〈不可触領域〉という小説を書いたとき群馬県あたりに勝手に中原市を作ってしまった。小説の最後で滅亡する町なのだから実名はまずい。だが、

——中原市なんて、いかにもありそうだな——

私もこれをやる。〈花あらし〉では半村さんのひそみに倣《なら》って中原町を使った。ほかに南町、北町、いろいろと思案して作る。

美しい名前をつけたいのはやまやまだが、美しい名前はほかにも実在しており、しかも皆さんの記憶に強く残っている可能性が高いので、いま述べた事情からあまりつけない。

面影橋《おもかげばし》、これはつけた。早稲田大学の近くに実在しているが、小説はそれとはなんの関係もなく、遠い面影を求めるような十二の連作短編集だった。言問橋《こととい ばし》、これは好きな名前だが、実在感が強すぎてつけにくい。

あっ、そう言えば、〈田代湖殺人事件〉というショートショートを書いた。〝田代湖で殺した〟で始まる。お気づきですか。回文になっている。田代湖なんてないと思ったのに、読者からの投書で群馬県に実在するらしい。

声に出して読みたい短編小説

「朗読にいい短編、ないかしら」

「俺の作品？」

「ううん、ほかの人のでもいいけど」

「うーん」

わが家で日常的に交わされる会話である。

妻は視覚障害者のために、あるいは舞台の上から一般の聴視者のために、小説を朗読している。仕事の性質上、収入のともなうケースは少ないが、気分はプロフェッショナルと言ってよいだろう。

そして、私は小説家。とりわけ短編小説をよく書く。小説家と朗読家の夫婦は、私の知る限り日本でたった一組ではあるまいか。

かくて冒頭のような会話がくり返されるわけだが、この答がなかなかむつかしい。

当初は、私自身、朗読にいい短編小説なんかいくらでもあるだろう、と考えていた。

少し捜せばすぐに見つかるだろうと思っていた。

「朗読者なら、なんでも読めるはずだろ。選《え》り好みしないで」

プロフェッショナルとは、そういうことだろう。

「ええ、もちろん。読めと言われれば、なんでも読むわよ。でも、せっかく舞台を作ってそれで読むのなら、自分で納得のいくものを読みたいわ」

なるほど。食事だって給食なら贅沢《ぜいたく》は言えないが、身銭を切るとなれば、おのずと好みを主張するはずだ。

では、どんな小説が朗読によいのか。

まず、よい作品であること。これは当然だ。

なにをもって〝よい〟とするか、意見の分かれるところもあるが、世間一般がおおむね〝よし〟と認めるもの、これは判断が充分に可能である。そして、もう一つ、朗読者本人がよいと認めなければいけない。これも必須《ひっす》の条件である。

どういう舞台で読むか、つまり聴衆がどういう人たちか、によって〝よい〟の中からさらに選り分ける必要がある。ここにもいろいろなものさしがあろうけれど、一般論としては、おもしろいもの、感動的なもの、あまりむつかしくないものがよろしい。読みにくいもの……含蓄が深過ぎて、途中で前に戻りながら考えないと真意がつかみにくいものはやっぱり避けたい。これが本音だろう。

幸田露伴〈五重塔〉……名調子だが、今の人にはわかりにくいだろうなあ。

夏目漱石〈薤露行《かいろこう》〉……アーサー王伝説について予備知識がないと、聞いてる人につらいですね。

ひとことで言えば、現代のもの、昭和・平成の作品が望ましい。

とはいえ、このあたりまでは常識に適《かな》う選択規準、さほどむつかしい判断ではあるまい。

盲点となりやすいのが、時間の問題。その作品を読みあげるのに、どのくらいの時間がかかるか、ということだ。これもどういう情況で読むかに関わっているけれど、普通の舞台朗読なら、どんなに長くとも一人の持ち分は九十分以内だろう。二、三人が舞台に登場するケースの多いことを考えれば、三、四十分が一番適切な範囲である。原稿用紙一枚ぶんを読むのが、一分と少し。三、四十分の朗読なら、三十枚前後の短編がよろしい。文庫本なら二十ページくらい。四十枚となると、もうつらい。

ところが、この分量の短編小説はそう多くはない。原稿用紙で五十枚、六十枚、七十枚、百枚も多い。とても三、四十分の朗読では収まらない。

そこで一部分をカットする……。

これはまず技術的にむつかしい。よい小説であるならば、一行一行が一定の必然性をもってそこに書かれているはずだ。この一行があって、次の一行が存在する。無駄なものはないと考えたい。

早い話、推理小説などでは、

——この三行、なくとも作品は充分に成立するぞ——

という部分があっても、それはカモフラージュのための三行かもしれない。必要なことばかり並べていたら推理小説の謎《なぞ》は隠しきれない。原則として作者が必要と感じたから、それだけの記述となってそこにあるのだ。第三者が容喙《ようかい》する余地はない、と考えるべきであろうし、当然、そこには著作権の問題が絡《から》んでくる。無断で削ることはできない。

私自身が自分の著作をカットするのは技術的にも著作権の面からも、ある程度まで可能ではあるけれど、それでさえ結構むつかしいのである。十行や二十行削るのなら、この方法を採らず、一分間、公演時間を長くすればいいのだし、百行、五分間ぶんを削るとなると、これは相当に厄介である。

よってもって初めから三、四十枚の作品を選べば世話がないのだが、現実問題として、恒常的にこの分量で書く作家は少ない。このあたりで作品選びの一苦労が生ずる。過度に残酷なもの（たとえ一部でも嫌悪《けんお》を催すものが含まれているもの）もよくない。エロチックなものも望ましくない。文字通り公衆の面前で披露するとなると、残酷はそぐわないし、エロチックな描写は一人静かに鑑賞して、

「うふ、ふ、ふ、ふ」

愉悦を味わうぶんには世間に同好の士が多いけれど、みんなそろって右の席、左の席、周囲をうかがいながら鑑賞するのは、

――まずいよ、やっぱり――

顰蹙《ひんしゆく》を買う。

次に舞台にのせて読みやすく、聞きやすく、ほどがよいのは、会話の多い作品である。ドラマが生じ、作品が立体的になる。

とはいえ、主要な登場人物は三、四人くらいまで、男女や年齢が入り乱れても、すぐにだれの台詞《せりふ》かわかるような設定がよろしい。もちろん朗読者は男だけが（あるいは女だけが）五人、六人、七人と登場しても読み分けなければならないし、事実読み分けるのだが、聞くほうが微妙な差異に耳が届かず、混乱すること、なきにしもあらず。

そして、もう一つ、朗読者が男であれば、男が主要な登場人物であること、朗読者が女であれば、主要な登場人物が女であることがあらまほしい条件である。つまり、わが家の話し合いでは（いつも阿刀田慶子が読むことを想定しているので）女が主人公であるか、主人公でないまでも主要な役割を担《にな》っているほうがよいのである。そしてわが家のみならず目下のところ、舞台朗読の世界では、女性の専門家が多いのも実情である。

向田邦子の作品がよく読まれる。多くの女性朗読家のあいだで好まれている。さもあろう。いま述べたことと照らし合わせてみると、よく符合している。向田作品は（そう多くは残されていないけれど）ほとんどが良質だ。分量はたいてい二十ページ以下、三十枚を超えていないものが多い。ゆとりを見込んで三十分の朗読に適《かな》う。精神的に残酷な作品はあるけれど、表向きの文章はけっして残酷ではない。エロチックは、まあ、関係なし。会話はほどよく散っていて、もともとシナリオ・ライター出身だけあって、表現がビジュアルで、作品がつねにドラマチック、ドラマになりやすいのである。登場人物も二、三人、女がつねに主要な役割にあずかっている。

——なるほどねえ——

初めから女性朗読家が「私のために書いてください」と注文したみたいに、みごとに諸条件を満たしているのだ。

私自身の短編小説は、やはり私が男であるため、男が中心となっているケースが多い。〈ナポレオン狂〉には男三人が登場して、女っ気はまるでない。これ以外の条件については……残酷はなきにしもあらず、エロチック、これはときどきあるけれど、まあ、おおむねは朗読用として○印。とはいえ、男が中心ということだけで七割以上がペケとなりかねないのである。

せっかく向田作品の朗読に触れたのでここで具体的な体験を記しておこう。

平成十五年、私が主宰する講演と朗読のグループ〝朗読21〟の公演で、阿刀田慶子が向田邦子の短編〈春が来た〉を読むことになったが、これは向田作品にしては珍しく少し長い。文庫本で三十七ページ。五十分はかかる。他の演目との関係もあって、

「できれば四十分。ぎりぎり四十五分。それ以上は無理だな」

「短くできないかしら」

「うーん」

著作権者の許可を得て、私が短くすることとした。百行、五分間ぶんを削りたい。あちらから少し、こちらから少し……ストーリーを変えず、作品の雰囲気をこわさず、計算機を片手に削る。これがなかなかむつかしい。

苦心のすえ九十行ほどを削った。

「どうかな？」

「でも、これ……」

朗読者は不満そう……。〝朗読21〟の会員であり、慶子の先輩でもある白坂道子さんも首を傾《かし》げている。話を聞いてみれば、結局のところ私は小説家としてストーリーに支障がないように……言い換えれば、短編小説として不足のないように削ったつもりであったが、朗読者にとっては、

「これじゃあ、大切な華が減っちゃうわ」

ストーリーはうまく進行しても、朗読者として〝ここは読みたい、聞かせたい〟というところがあり、それは一つでも減らしたくないのだ。

かなり突っ込んだ議論が交わされた。ヒロインの直子がタクシーに乗ろうとして足を痛め病院へ行くくだりは合意してすべて削った。小説の前半でヒロインはボーイフレンドの風見を自分の家へ連れてきてしまうのだが（それまではみえを張っていたの

に、その実）この家は相当にボロいのである。向田邦子はほとんどギャグと言ってよいほど、このひどさを鮮やかに描いているけれど、私はそのへんを少し削りたい。しかし、朗読者にはこれが捨てがたい。ヒロインは自分の家にりっぱな庭があり、南天の美樹も植えられているようにボーイフレンドにほのめかしていたのだが、家に入ってみると、

〝口に出しては言わなかったが、風見はかなり驚いた様子だった。

下が六畳四畳半に三畳。二階が四畳半に三畳。たしかに畳敷きの部屋ばかりだが、根太《ねだ》がおかしくなっているのと、ここ何年も畳替えをしていないので、歩くと、キュウキュウ鳴いたりブクブクと凹《へこ》んだりする。雨戸も、最後の一枚は、どうしても戸袋から出てこない。

おしるしばかりの庭には、松も楓も八つ手もあることはあるが、人間の背丈に毛の生えた情ないものである。手洗いに立ったから風見にもすぐ判っただろうが、南天は隣りの庭のものである。

「お風呂《ふろ》もあることはあるんですけどね、タイルが駄目になったもんで、ここのとこずっと銭湯なんですよ」

母の須江は風呂道具を下駄箱の上に置きながら言いわけがましく言っていたが、そんなことはもういいのだ。

暗い電灯の下に並んだ家族を見たら、大抵の男は嫌気がさすに違いない〃(傍線は筆者・文春文庫〈春が来た〉より。以下同)

という塩梅《あんばい》で、私は傍線の三行を削りたいし、朗読者は「これ、おもしろいわよ」なのである。

ボーイフレンドが直子の家族とだんだん親しくなって金曜日ごとに家に遊びに来るようになる。父親の周次、母親の須江、妹の順子ともうちとける。そして、

〃金曜ではないけれどお祭りだから、と誘われて夕方やってきた風見は、自分のために新しいお祭り浴衣《ゆかた》が整えられているのをみてびっくりしていた。

風見より直子のほうがもっとびっくりした。須江がこんなことをしたのは、はじめてのことだった。お金のかかること、手間のかかることは一切お断わりで、ここ何年も暮してきた筈《はず》である。

ただし浴衣は家族全員というわけではなかった。

「お父さんはお祭り好きじゃないから」

周次だけはなしである。

周次も、ごく当り前といった風で、

「留守番のほうが気が楽でいいよ」

ゆっくり行っておいで、と碁盤をひっぱり出して、石を置きはじめた。

揃《そろ》いの浴衣に着替えた三人の女たちは、風見を囲むように人ごみの中を押されて歩いた。

須江も順子もよく笑った。

大して面白いとも思わなかった金魚すくいも、風見が一人加わると別のものになった。

順子はイカヤキを買い、風見はこんにゃくを三角に切って串《くし》に刺し、味噌《みそ》をつけたおでんを懐《なつ》かしがって買い、食べながら歩いた。直子も、人ごみを幸い、風見にブラ下るようにして腕を組んだ。母と妹に見せたいというところもあった〃

では、私は傍線の六行がなくても大丈夫と主張し、朗読者は家族の様子を伝えるために絶対に必要という。

もとより完成した作品なのだから、たとえ一行でも削りたくはないし、削ってよいはずはないのだが、それでも削らなければならないのが私の立場である。微妙な選択を迫られてしまう。

結局、このときはしめて七十行、四分ぶんほど縮め、私はむしろ公演の主宰者として全体の時間調整のほうに腐心のポイントを変更したはずである。

目で読む小説も、耳で聞く小説も、基本的には同じものとは思うけれど、舞台朗読の場合は、一瞬一瞬、聞き手がどう反応してくれるか、どう楽しんでくれるか、一瞬一瞬の総和が満足度を支配する部分が大きい。普通の読書、つまり一人静かに読む場合は読み終えた作品全体が醸《かも》し出すものが肝要であり、一行一行、一瞬一瞬の勝負は二義的ではあるまいか。舞台朗読とは少し異なっているところがあるようだ。

と、まあ、こんなわけで朗読会のための作品選びは充分にむつかしい。それが決定したあと朗読者は、この小説を通して作者はなにを訴えようとしているのか、あらためてモチーフを精査して、それをどう朗読として創《つく》るか、地の文章の読みかたを考え、登場人物一人一人の性格を汲《く》み取り、それを声に変え、演出家プラス役者の仕事を積みあげていく。〝朗読21〟では、これまで向田邦子のほか藤沢周平、佐江衆一、津村節子を舞台にのせてきた。私自身は短編小説のすばらしさを講演するだけ、朗読はやらない。簡単にできるしろものではあるまい。

二〇〇四年の秋は、まず佐多稲子の連作集〈時に佇《た》つ〉の中から「その十一」を読むことが決まった。内容は深く、幽寂な作品だが、舞台朗読には少し地味かもしれない。川端康成文学賞を受けた名作なので、あえて、その地味さを舞台から発信してみようと考えたのだが、その一方でバランスを取り、私の〈犬を飼う女〉、文字通りのエンターテインメントを俎上《そじよう》に載せることとした。こんな方法で短編小説の世界の広さを訴えてみよう。目下、一同怠りなく準備を整えているところである。

二〇〇六年の企画も展望している。

深層心理を尋ねて

おもしろい短編小説を一つと言われて、珍しい作品を選んでみた。飯沢匡《いいざわただす》（一九〇九～一九九四）の〈座頭H〉。

言うまでもなく飯沢匡は劇作家である。小説の執筆は極端に少ない。が、これはまがうことない短編の名作だ。

――みごとだなあ――

かつて私は一読して感嘆し、嫉妬《しっと》さえ覚えた。今でもこの感触は……もうあからさまな嫉妬はないにしても、この短編を通して飯沢匡という、皮肉なクリエーターの才筆を痛感せずにはいられない。

文学全集などでたやすく読める作品ではないから、少し詳細にストーリーを紹介しておこう。

主人公は〝私〟。飯沢匡本人を充分に髣髴《ほうふつ》とさせる人物だ。還暦を迎えた、少し気むずかしい、正義派のインテリゲンチュアだ。

この男の知人に幸田君がいて、売れない画家のくせして裕福な生活を営んでいる。外国人相手に金屏風《きんびょうぶ》なんかを描いて売っているらしい。如才ない男なので、〝私〟は少し軽蔑《けいべつ》しながらも、重宝してつきあっている。

〝私〟がギックリ腰になったため、この幸田君から紹介されたのが坂元というマッサージ師。すなわち座頭Hであり、これは幸田君がひそかにつけた渾名《あだな》である。

会ってみると、その渾名に反して、まず目が見えないわけではない。実直な様子で、礼儀正しい。マッサージの腕は抜群だ。このあたりの人物設定と描写は的確で、これがなければどんなに筋立てがすてきでも、よい短編小説にはならない。

揉《も》みかたがうまいので〝私〟は何度も家に来てもらい、だんだんと気安く話しあうようになる。マッサージ師は律儀《りちぎ》で、けっして雄弁ではないが、遠慮がちに短くおもしろいことを話してくれる。たとえば幸田君がやたら女性にもてていること、自分の客には高級ホステスが多く、彼が発見したつぼを押さえると、みんな反応し、身を投げだしてくるということ……。〝私〟はほらだろうと思い、不愉快にもなるが、嫉妬の感情が湧《わ》かないでもない。マッサージ師は自分が発見したつぼを信じ、そこを押せば、かならず客が性的な興奮を表わすことをあっけらかんと話し、その実験例として名家の未亡人のことを、上品で高潔で、つつましやかな老婦人のことを挙げる。〝私〟

は、そんなりっぱな婦人に対してマッサージ師が淫靡《いんび》な実験を試みたかと思うと、ますます不愉快になるが、聞き耳を立てずにはいられない。老婦人があられもない反応を示したと言うのだろうか。マッサージ師は答える。

「さすがにりっぱなかたはちがいます。静かに、静かにお泣きになりました。そして、どうしたのかしら、私、急に戦争で死んだ一番末の男の子を思い出しました、と」

その子は海軍兵学校の制服を着て「お母さま行ってまいります」と凜々《りり》しく言って出て行き、帰らぬ人となったのだ。とても甘えん坊だったのに……。

話を聞くうちに〝私〟はこの母子《おやこ》のあいだに、ある種の深い部分での性的な憧憬《しょうけい》があったことを認める。そして、マッサージを受けるたびに、その老婦人のことを尋ねた。

しばらくぶりに幸田君に会い、マッサージ師のことが話題にのぼると、

「先生も反応されたそうですね。彼がつぼを押すと……」

まさか。そんな馬鹿《ばか》な……。

「あいつ、私にも実験してたわけか」

「はい。先生は実のお母さんと仲よくしたことがあるんじゃないかって。つぼを押すと、いつもその老婦人の話を求めていらしたって」

「うーん。仲よくしたというのか、自分の母親に恋していたのだろうな。あいつ、なかなか、天才的なところがあるな」

座頭Hなどといって馬鹿《ばか》にしていたけれど〝私は彼の指先に操られていた実験動物に過ぎなかったことを、いやでもさとらなくてはならなかった〟と終わっている。

人間の深層心理に関わる内容なのであらすじでは伝えにくい部分があると思うけれど、こんなストーリーが充分なリアリティーをもって迫ってくる。

四百字詰めで三十二、三枚の作品だ。日常生活の一端を切り取って充分に楽しく、読後になにほどかの思案を残してくれる。まことに、まことに、あらまほしき短編小説の姿を満たしている。

昨今、私は長編小説は歴史と関わりが深く、短編小説は会話と関わっている、と思うことが多い。歴史小説の大作は言うに及ばず、現代を描く長編も、現代のありうべき歴史を綴《つづ》っている。もちろん短編の中にも同じ傾向のものがたくさんあるけれど、その一方で、

「今日、会社でこんなことがあってね」

ちょっとした会話が一編のストーリーとなることも多い。〈座頭H〉の誕生の背後にも、私は大人の会話を感じてならない。

現代的で永遠のチェーホフ

チェーホフは書いて、書いて、書きまくった。手紙を書いた。戯曲を書いた。五百を越える短編小説を書いた。推敲《すいこう》はいつも入念だった。日本では演劇の作家としてよく知られているが、短編小説の書き手としての評価も高い。

一八六〇年、南ロシアの、アゾフ海に面した港町タガンログで生まれた。祖父は農奴解放令（一八六一年）以前にみずからの力で、つまりこつこつ金銭を蓄えて領主から自由を買い取った元農奴で、父親は雑貨商を営んでいたが失敗、一家は夜逃げ同然の状態でモスクワへ移った。チェーホフは大学の医学部に身を置きながら文章を書いて原稿料を稼ぐ。戯曲も書いたが、短編小説のほうがよい収入となった。演劇に注目が集まるのは、むしろ晩年のことである。一九〇四年、今からほぼ百年前に没し、ロシア革命が起きるのは、その十数年後のことである。

チェーホフの生涯を鳥瞰《ちょうかん》するとき、それが長く、暗い農奴制が崩れた直後であり、社会は依然として逼迫《ひっぱく》し希望の持ちにくい情況にあったこと、退屈な日常の中で遠くわずかに解放の光を捜すよりほかになかったことを忘れてはなるまい。四大戯曲を思い浮かべてみれば、第一幕でだれかがやって来て退屈な生活に波風が立つが、第四幕でだれかが立ち去り、本質はなにも変わっていない。主人公たちの「でも耐えて、生きていかなければ」という決意で終わる。逼塞《ひっそく》と小さな希望、そんなパターンがくり返されている。

短編小説にも、たとえば名作〈中二階のある家〉には、この気配が漂っているが、なにしろ五百数十編を書いているから一様ではない。十ページほどの掌編〈眠い〉では子守りの小娘が揺りかごの赤ん坊を世話しながら眠くてたまらない。ほかの仕事もひっきりなしに言いつけられ、叱《しか》られ、ついには「この赤ん坊さえいなければ」と赤ん坊の首に手をかける。残酷さはみじんもなく、小娘のせつなさだけが残る。同じように短い〈牡蠣《かき》〉では少年が初めて牡蠣を食うエピソードが示され、貧しい生活が奇妙にほほえましい。星新一のショートショートとはまったくちがう筆致である。

〈いたずら〉では若い男女が登場して、雪のスロープをそりで急降下しながら男が女の耳もとで「好きだよ」とささやく。女は男が言ったのか、風の音なのか、判断がつかない。また聞きたくて二度、三度と男といっしょにそりに乗る。男はそのつど同じようにささやく。いたずら感覚で……。女はいつまでもこのささやきを心に留めている。悲しいけれど、彼女にとってこれが生涯でもっとも感動的な思い出なのだ。男も年を取って「どうしてあんなことをしたのかな」と思いながらも切実な印象を忘れない。ささいなエピソードの中に人生の哀歓が漂って、チェーホフにふさわしい短編である。

かと思えば〈かわいい女〉は結婚して幸福に暮らしているが、間もなく夫に死なれてしまう。だが、すぐ次の男を見つけて首ったけになり、また死なれてしまう。そのくり返し。不幸のどん底からたやすく回復するかわいい女の物語なのだ。短編小説によくあるパターンだが、チェーホフの皮肉とユーモアが冴《さ》えている。

私がもっとも不思議に思うのは〈学生〉という掌編。暗澹《あんたん》たる境遇にある農村の老寡婦《かふ》が薄闇《うすやみ》の野で独りたき火を燃やしている。宗教大学の学生が近づいて福音書の一節を語ると、彼女の悲しみがいきなり千九百年前のペテロの慟哭《どうこく》に……イエスを裏切って泣いたペテロの悲しみにつながってしまう。こんな飛躍がチェーホフの手にかかると、わけもなく説得力があり、納得させられてしまう。

文章の達人であった。観察の正しさは医者であることと関わっていたのだろうか。戯曲のすばらしさに筆をさくゆとりはないが、短編小説にはとてつもない器用さがちりばめられている。多彩な作品は、つねに短編小説の本質をわきまえ、それゆえに永遠であると同時に現代的でもありうるのだ。短編小説はチェーホフから熟読して遅くはない。

芥川龍之介のわかりやすさ

芥川龍之介は古い説話を現代の小説に変えるところからスタートした作家であった。説話というのは民間に伝わるお話である。〈今昔物語集〉などがよく知られており、芥川も原話をここから採っているケースが多い。

ただのお話が現代の小説になるためには、なにかしらそのお話を通して伝えられるメッセージがほしい。

もちろん、古い時代の説話には、つじつまのあわないところや、わかりにくいところが含まれていて、これを現代の読者が納得できるように、加えたり、さし引いたり、調整する必要があるけれど、もっと大切なことは、作者からのメッセージ……言い換えれば結論のようなものが創《つく》られていることだ。逆に言えば、古い説話には、

——やっぱり悪いことをした者には、ばちが当たるんだよなあ——

くらいの月並な結論はあっても（それさえないケースも多い）現代人の心に響くものは乏しい。それをみごとに創って加えたところに芥川のすばらしさがあった。

〈羅生門〉は、その典型である。ストーリーの展開は原話とほとんど変わりがない。注目すべきはエンド・マークに近いところ、老婆《ろうば》が自分のむごいおこないについて弁明をしたあと、下人《げにん》が「では、己《おれ》が引剥《ひはぎ》をしようと恨むまいな。己もそうしなければ、饑死《うえじに》をする体《からだ》なのだ」と言って、老婆のものをみんな奪って去って行くところ、つまり、理屈の言いあいの中に潜むおもしろさ、対照の妙、そこから滲《にじ》み出す味わい、などなどである。これをつけ加えることにより現代の読者をして、

――なるほど――

と思わせることに成功している。

このあたりの事情は〈芋粥《いもがゆ》〉においても同様である。原話のストーリーはほどよくトリミングされ、ただ芋粥をたらふく食べたがっていた五位の侍が、それにありつき堪能《たんのう》するという原話であったものが、いくつかの細工により〃理想は夢見ているときがすばらしく、達成されてしまうと、かえって味気ない〃というメッセージを含む小説に変わっている。この視点はすこぶる現代的だ。

こうした芥川の翻案小説は、わかりやすく、鮮やかで、おもしろい。ところが、この明快で、小気味よい特徴は一歩まちがうと、子どもっぽく、あざとい気配を帯びかねない。

——文学作品というのは、もっと深遠な味わいを持たなきゃ——

という意見もある。すぐわかるようなものはありがたみが薄い、というわけだ。

芥川作品の長所と短所がこのあたりにあることは疑いない。

しかし専門家はどうあれ、大衆はやっぱりわかりやすく、おもしろく、そして一定レベルを越えた深さのあるものを求める。芥川が広く、絶対的な人気を擁する所以《ゆえん》である。

〈羅生門〉や〈芋粥〉が初期の作品であるのに対して〈河童《かっぱ》〉は後期の作品、芥川が人生への倦怠《けんたい》を充分に感じ始めてからの執筆であった。

精神病院の患者が河童の国にまぎれこみ、河童の社会を見聞して帰って来る、という設定の中で、河童の社会を描きながら、われら人間社会を諷刺《ふうし》する、という内容だ。取りあげられている問題は恋愛、家族制度、芸術、才能、官憲、資本主義、法制、自殺、宗教などなど万般に及び、筆致は淀《よど》みない。

これほど意図的な諷刺小説は、芥川がこの作品を発表した時点ではもちろんのこと、今日でも日本文学には珍しい。諷刺文学の世界的名作、スウィフトの〈ガリバー旅行記〉を髣髴《ほうふつ》とさせるところもあって、芥川がいくつかの欧米作品を模してこれを書いたことは想像にかたくない。また芥川龍之介が知識の広い、ブッキッシュ（bookish・書物を好む）な作家であることをよく示している。

ただし、こういう諷刺文学は日本では土壌の乏しいせいもあって、あまり高く評価されないうらみがなきにしもあらず。

――おもしろいけど、本筋じゃないな――

異端視されてしまうのだ。

現代では文学の領域も広くなった。多種多様の作品が創られている。芥川の諷刺もまた新しい目でながめられ、新しい評価を受けることだろう。

同時に〈河童〉は社会諷刺であるだけではなく、芥川という作家自身の自嘲《じちょう》であり、自虐《じぎゃく》であり、告白であったことも忘れてはなるまい。作品としては、むしろ未熟で、未完成なところも感じられるが、そのぶんだけ芥川の思考があらわに表出され、芥川研究の素材として興味深い。なにげなく耳で聞き、

――えっ、こんなこと言ってるの――

と驚いたり、楽しんだりするには、まことにふさわしい。

レトリック・トリック・テクニック

まず初めに短編小説のすばらしさについて触れておこう。

かいつまんで言えば……私たちの考えや好みは人それぞれ異なっている。自明なことだ。この情況の中で読書を考えるとき、自分の考えや好みとちがっている内容は、読みにくい。そう長くはつきあえない。しかし、そういうものに対しても、ある程度の理解、ある程度の関心を抱いておくことは、やっぱり大切だ。他者を理解し、自分の世界を広めてくれる。新しい発見にも繋《つな》がる。そして……もうおわかりだろう。ここにこそ短編小説の存在理由がある。短編小説は……言ってみれば、礼儀正しい文学であり、まったくのところ、長くはお邪魔しない。ほんの一、二時間……。読者に対して、

「いかがですか、こんなテイストは？」

と誘いかけるジャンルである。お気に召したら万々歳。お気に召さなくとも、

「ふーん、こんなことを考える奴《やつ》がいるのか」

いずれにせよ、それほどご迷惑をかけるものではない。

翻《ひるがえ》って言えば、小説というものはどこかに嘘《うそ》を含むものである。フィクションと称される所以《ゆえん》である。そして、どなたもご承知の通り、人は長くは騙《だま》されないものだから、この点でも短い作品のほうがいろいろと嘘をつきやすい。とてつもないフィクションまで提示することができる。そのぶんだけ多彩に展開できるというわけだ。一般論として言えば、長編小説が現実にあったこと、ありうること、あってもよいことを基本に創《つく》られるのに対し、短編小説はさまざまなイマジネーションに応《こた》えやすいのである。

まったくの話、多くの先人たちが優れた短編を創りあげてきた。そこにはいろいろな技が駆使されている。その技がどういうものか、実作者の立場から想像し、分析し、ときには妄想までしてたどってみることは、けっして無用ではあるまい。もちろん、これまでにも技法の考察はあった。しかし、実作者としては、

——少しちがう——

もっと卑近な問題点が……毎日の執筆の中で直面するものでありながら、これまであまり語られなかったことが、ないでもない。こんな視点から私のメモランダムを……不充分な問題提起を綴《つづ》ってみよう。

たとえば、レトリックのこと……。

つい先日、私はカルチャー教室のたぐいで〝レトリックとトリック〟というテーマで講義をするよう依頼を受けた。直感的に、

――おもしろそうだな――

と考え、引き受けてしまったのだが、いよいよ講義の時期が近づいてくると、なにを、どう話してよいか、まことに茫漠《ぼうばく》としている。私にとってはとても興味深いテーマであり、これまでにも何度か断片的には考えたはずだ。だから引き受けてしまったのだが、どうもよくわからない。レトリックとトリックは語呂《ごろ》がよく似ているし、意味する内容にも共通するところがある。語源的にはまったくべつな用語だろうけれど……。

が、それはともかく、中身が似ていると思うのはなぜか？　どこがどう似ているのか？　このあたりから考え始めたが、これも判然とした区分ができなかった。

レトリックは日本語で言えば修辞であり、修辞は文字通り文章を飾ることだろう。トリックは巧みに人を騙す仕かけである。ことの善悪に目くじらを立てなければ、この二つに共通する部分は多い。文章を飾ることは巧みに操る技術にほかならない。騙すのと紙一重の差、飾るのは一種の騙しである。トリックも手品を思えば歴然として

いるだろう。必ずしも悪いことばかりではない。よくこそ騙してくれました、という世界も実在する。二つの区別にはあまり大きな意味はなさそうだ。

ならば、ここで大切なのはレトリックのほう。辞書などで調べてみると、レトリックは古代ギリシャの雄弁術に由来し、わかりやすく言えば今日のディベートのテクニック、どううまく説得し相手をうちまかすか、という技術を指していたようだ。文章表現だけではなく話術にまで思案を伸ばすとなると、さらに領域は広がって、とりとめがなくなりそうだ。

とりあえず私としては（文筆家なのだから）書かれた文章に限定して考えてみた。根本は同じことのような気もする。

すると……レトリックの一番簡単な説明は、文章表現を〝よくする〟こと……。もう少し踏み込んで言えば、文章表現を表現の目的によく適《かな》うよう巧みに機能させる技のことだろう。

目的はたくさんある。

まず、美しく綴ること……。

ああ皐月《さつき》仏蘭西《フランス》の野は火の色す　君も雛罌粟《コクリコ》われも雛罌粟

と、与謝野晶子の歌は美しい。レトリックを駆使している。だが、美しい表現ということなら、ほかにもたくさんあるだろう。なにをもって美しいとするのか。

次に、わかりやすく綴ること……。これもレトリックと関わっているだろうが、あまり単純ではレトリックとは言いにくい。

比喩《ひゆ》などを用いて、生き生きと示すこと……。うん、これはわかる。一番わかりやすいレトリックだ。向田邦子はこの方面の名人で〈かわうそ〉のヒロインは〝西瓜《すいか》の種子みたいに小さいが黒光りする目〟の持ち主で、そのバストは〝細い夏蜜柑《なつみかん》の木に、よく生《な》ったものだと思うほど重たそうな夏蜜柑が実っている〟ようにみごとである。ほかにも比喩を巧みに使う作家はたくさんいる。これだけで大部の論文になりそうなテーマである。

巧みに騙すこと……。まさにトリックと一致するが、こういうレトリックも確かに実在するようだ。「結果論を言うわけじゃないですが」と前置きをして、その実、結果論を言うのは、巧みに騙すことだろう。話術のうちだが、これをレトリックとすれば、ほかにもいろいろありそうだ。

そう言えば、おもしろく綴ること……。これもある。おもしろおかしくする文章術もあるし、これをレトリックから除外する理由はない。東海林《しょうじ》さだおの文章はこの典型だ。たとえば〈男の分別学〉、手近にある〈オール讀物〉二〇〇四年六月号を覗《のぞ》くと、市ヶ谷の釣り堀の風景。常連が並んで釣りをしている。

〝面白いのは、たとえ釣り上げても誰も「釣れた、釣れた」と騒がないことだ。釣れた人は静かに鯉《こい》を引き寄せ、落ちついて針からはずし、黙ってタモ網に入れ、また針にエサをつけ、何事もなかったかのように池に針を放りこむ。目の前の高校生たちも同様で、静かに鯉を引き寄せ、落ちついて所定の手続きを済ませ、また元の姿勢に戻る。

高校生たちも常連なのだろうか。

鯉もまた常連で、釣り上げられてもそれほど動揺をみせず、落ちついて針をはずしてくれるのを待ち、はずしてもらってタモ網に入れられるとそのまま静かにしている。一連の手続きが身についているらしいのだ。

ハトが落ちている餌《えさ》を狙《ねら》ってやってくる。

このハトも常連のようで、定期的に巡回しているらしく、定期的にやってくる。

あそこのあの客の下には、そろそろ餌が落ちてたまったはずだから、というふうに、ちゃんと頃合いを見計らってやってくる〃

そこはかとなくおかしい。そして、これもレトリックだろう。

大げさに話すレトリックもあって、昔、聞いたロシアのジョーク。

「シベリアの寒いのなんのって、冬のあいだ立ち話をしていると、話がみんな凍ってしまうんだ。それが春になると、みんな解けてベチャクチャ、ベチャクチャ、うるさいのなんのって」

話芸のうちだが、こうした技は文章にも見られる。

そのほか擬人法、起承転結、押韻、枕詞《まくらことば》、掛詞《かけことば》、オノマトペ、洒落《しゃれ》、ほかにもいろいろな技術がある。一つ一つ述べていったら膨大な叙述になってしまうだろう。

私自身、文章を綴りながら、しばしば、

――あ、これはレトリックに関わることだな――

と思い悩むが、そこで筆を止めるわけにいかない。メモを取るのも事実上むつかしい。

が、とにかく小説の技法を鳥瞰《ちょうかん》するとき、レトリックという問題が厳然と実在していることは理解していただけるだろう。

　レトリックから話題を変えるが、小説の視点の問題も充分に考察されているとは思えない。新人の原稿などを吟味するとき、

「この小説、視点が揺れているねえ」

と評するときの、あの視点のことである。作者がその小説を、どこから見て……だれの目を通して書いているか、目のありかの謂《いい》である。

　まず〝私〟の視点で書かれる私小説がある。作者自身の目に近い。あるいは、登場人物の一人、太郎とか花子とかの目で見て、綴られている作品もある。すなわち登場人物の視点だ。いずれにせよ、だれか一人の視点で書かれた作品は、その人の心の中がわかって当然だが、ほかの人の心の中はわからない。わかってはいけない。たとえば、

　〝太郎はその映画に感動した。花子も同じように感動したと思う〟

　太郎の視点ならば、こう書かれなければいけない。花子については、あくまで想像でしかありえない。

　一方、一般に神の視点と呼ばれるものがある。どこか高い、神の位置から登場人物をながめているわけだ。登場人物全員の心の中が見える。なにしろ神様なのだから。

〝太郎はその映画に感動した。花子も同じように感動した〟

と書いて、いっこうにさしつかえない。

そして、一つの作品は最初から最後まで視点を変えずに書くのが原則であり、それが入り乱れたとき〝視点が揺れている〟と評され、欠点となる。

しかし、本当に既成の名作はつねに視点を揺らさずに綴られているだろうか。注意深くながめると疑わしいケースがないでもない。意図的に変えているケースもある。ミステリーなどは、あえてこの方法を採って、それをトリックとしていることもある。

そう言えば、私は大空の視点というものを提言したことがあった。大空には太陽や月や星がある。太陽が出ているときは月や星は消えてしまう。月が輝けば星は消える。ちょうどこのように、太陽に匹敵する第一の登場人物が登場しているときは、すべてこの人の視点で綴られる。彼がいなくなると、第二の登場人物、月の視点になる。月がいなくなれば星の視点となる。段階的に、一定の法則をもって視点が変わる、というわけだ。こんな小説もありそうだ。このように考えてくると、小説における視点の問題はけっして単純明快なものではなく、まだまだ考え尽されていないようだ。目下のところ、私は、

「視点の問題って政治家の汚職みたいなものじゃないの」

とジョークを吐いている。

つまり、だれしもが違反をやっているのだ。ただ見つかったら、いけない。政治家はそうである。ちがいますか？　同様に、熟練した作家も違反をやっている。が、やっても読者に見つからない。技が巧みなので意識されないのだ。新人は技術において下手なところがあるのでバレてしまう。

いずれにせよ、この視点の問題も一つ一つの作品を対象にして、きっちりと考察されてよいテーマだろう。たくさんの作品を対象として扱うとなれば、これも短編小説の研究にふさわしいテーマではなかろうか。

小説の書き出しについても研究をしてみたい。

どう書き始めるか、これは執筆者にとって大きな問題だ。書き出してしまえば、蒸気機関車よろしく、あとは動き出す。次第に速度を増し調子づく。そういうケースが多い。

書き出すためには、どんなストーリーか、おおまかな見当がついていなければむつかしい。だれを主人公にするか。どんなムードの作品か？　明るいのか、暗いのか、恋なのか、殺人事件なのか、視点のありようも決まっていなければ書けない。

苦心のすえ会話から始めるケースがある。あるいは、さながら映画の始まりのように、遠景が映り、次第にカメラが近づいて近景となり、一人の人物に焦点が合わされる、といった筆致で小説を創る場合もある。また、

〝春琴《しゆんきん》、ほんとうの名は鵙屋《もずや》琴《こと》、大阪道修町《おおさかどしようまち》の薬種商の生れで歿年《ぼつねん》は明治十九年十月十四日、墓は市内下寺町《したでらまち》の浄土宗《じようどしゆう》の某寺《ぼうじ》にある〟

と谷崎潤一郎の〈春琴抄〉の冒頭のように、主人公の紹介から始まる場合もあるし、

〝山路《やまみち》を登りながら、こう考えた。
智《ち》に働けば角《かど》が立つ。情に棹《さお》させば流される。意地を通せば窮屈だ。兎《と》角《かく》に人の世は住みにくい〟

と、これは夏目漱石の〈草枕〉。アフォリズムのような一理屈から書き起こす作品もある。

ここでは、とりあえず会話から、遠景から、人物紹介から、アフォリズムから……

と四つのパターンを言ってみたが、こうした類型化は可能だろうか。そこから見えてくるものがあるだろうか。きっとある、と私は思う。考察は長編小説でも可能だろうが、短くて多彩な短編小説のほうがより適切だろう。

以上、まことに断片的な例を挙げたにすぎないけれど、小説の技法について探究する道は、いろいろとありそうだ。そして、それは小説作法にとって役立つ知恵になりそうだ。つまり、レシピとして示す甲斐《かい》がある。私は漠然とそれを感じている。短編小説はこんなことを考えるのにまことによく適した世界である。とりあえず不充分なメモランダムをとば口として断片的に記してみた。

泣ける本

小説を読んで泣くことは滅多にない。青少年期には〈チボー家の人々〉〈佐々木小次郎〉〈愛と死をみつめて〉などなどで泣いたけれど、ほとんどが感傷のたまもの、語るのも恥ずかしい。ここ十数年は読み終えて暗愁を覚え、目がしらが熱くなるくらい。号泣はない。山本周五郎の名作〈その木戸を通って〉は、その典型だ。

――ヒロインはどこへ行ったのか――

主人公の索漠たる気持に人生の陥穽《かんせい》と、淡い期待感、完成することのない幸福の実相などを重ね合わせ、甘辛い涙が滲《にじ》んだ。

藤沢周平の〈泣かない女〉は、薄幸にさいなまれ、けっして泣くことのない女が男の愛に触れ、慟哭《どうこく》するストーリー。泣ける小説だが、この男の愛は、よくよく考えると浅慮を含んでおり、

――これから先が大変だなあ――

むしろ藤沢周平はこういう感傷的なビヘイビアを書かない作家なのに、と涙ながら

に思わないでもない。太宰治の〈きりぎりす〉は、十年ほど前（初めて読んだわけではないのに）本当に泣いた。ボロボロと涙がこぼれた。なぜかわからない。涙腺《るいせん》が弱っていたのかもしれない。小説家である自分自身の姿を省みて、作品に示されたストイシズムに憧《あこが》れを抱いたのかもしれない。秋の夜寒に、背筋の下で鳴いているきりぎりすの声に耳を傾け〝この小さい、幽《かす》かな声を一生忘れずに、背骨にしまって生きて行こう〟と考えるヒロインに同調の涙が流れた。

松本清張の〈張込み〉はミステリーの大傑作。ミステリーを超えたサムシングがある。簡潔な文章で綴《つづ》られた終幕は

――このヒロインの人生は、やっぱり悲しいなあ――

と思い、そこから逆にさかのぼって、

――男女の愛とはなんなのか――

わけもなくアイ・ジョージが歌っていた流行歌〈硝子《ガラス》のジョニー〉の一節〝何時《いつ》かは消えてゆく恋の夢よ〟が聞こえてきたりするのである。

チェーホフの〈学生〉（すでに触れたが）は不思議な小説だ。暗澹《あんたん》たる境遇にある農村の老寡婦《かふ》が薄闇《うすやみ》の野でたき火を燃やしている。彼女の悲しみがいきなり二千年前のペテロの慟哭につながる。私も少し泣けた。生きることの悲しさがわかった。

おもしろい本を捜せ

まず初めに本は安い。

内容の豊かさに比べれば、これほど安価な品物はほかにめったにあるものではない。加えて古本も流通しているし図書館もあるから、さらに安く利用する道も備わっている。読み終えたものを売却して、多少なりとも元を取り戻すこともできる。

活字文化の長い歴史を反映して、人知のほとんどありとあらゆる分野が本として出版され、用意されている。入門から始まり初級、中級、奥義まで網羅されている。捜しかた、選びかたを間違わなければ、九十パーセントを超えて求めるものにめぐりあえる。

しかも読書は、たった一人でできる。相手がいなくてもよい。いつでも、どこでも、やりたいときにやれる。時間を潰《つぶ》し、孤独を慰める方便となりうる。人生には、たった一人で過ごさなければいけないときも思いのほか多くあるものだ。孤独に耐えうる精神と方法を持っていること、これは大人の条件であり、生きていくうえでとても大切なことだ、と私は思う。

こんなすばらしいものを、どうして厭《いと》う人がいるのか。読書離れなどということがどうしてしきりに言われるのか、私にはほとんど信じられない。確かに、

「本を読むの、疲れるんだよなぁ」

入口は少し辛《つら》い。テレビのようにスイッチをひねったとたん、おもしろおかしく遊ばせてくれるわけではない。頭も使わなければいけない。

しかし、辛いと言ったって過酷な肉体労働より辛いか。スポーツの練習より苦しいか。さまざまな修行より困難か。頭を使うと言っても勉強よりしんどいはずがない。

要は習慣の問題。身に合った本を選ぶかどうかの問題、そう断言してもよい。とりあえずおもしろい本を見つけて読もう。すでにこのエッセイで述べたことなのでくり返さないが、私自身は完全にこの方法から入った。

おもしろいから読む。おもしろくないものは読まない。自分の思考が膨らめばおのずと読む本のレベルも変わった。谷崎潤一郎もドストエフスキーもサルトルも、みんなおもしろく読めるようになった。

私は読書好きになりやすいタイプだったろう。そういう脳みそを親から与えられ、その点では少し有利な立場だったのかもしれない。しかし、だれにとってもおもしろ

い本はかならずある。それを見つければよい。読書により知識が増え、思案が深まり、人格を陶冶《とうや》されるという効能を私は否定しないけれど、そんな堅いこと言わなくてもいいじゃん。ただおもしろいだけでも、人生におおいにプラスになるものがある。まずおもしろいものを読んでみよう。

のっけから余談である。

ある夕方、私は仲間と三人で酒を飲んでいた。酒場のカウンターに並んで、

「ビールは全部自然のもので作っているから体にいいんだ」

「清酒はやっぱり二日酔いがきついよな。肝臓を直撃するような気がする」

「蒸留酒のほうがいいんだろ」

「ウイスキーはきついぞ。アルコール分が濃いから」

「薄めて飲めばいい、焼酎《しょうちゅう》の水割り、あれが一番体にいい」

店はすいていた。私たちのほかにはカウンターの隅で初老の男が一人、孤独な酒を酌《く》んでいるだけだった。

私たちが健康談議に興じていると、突然、この男がジロンとこっちを睨《にら》んで、

「お客さんたちよオ、俺はなにも体にいいことを願って酒を飲んでいるわけじゃないんだ」

私たちは一瞬キョトンとしたけれど、

「すみません。その通りです」

男は間もなく店を去って行ったが、そのあとで私たちは大笑い。

「そうだよなア。健康のために酒を飲んでいるわけじゃない」

私たちの会話は、どの酒が体にいいか、さながら健康を願ってアルコールを飲んでいるような調子だった。

閑話休題、日本人は生真面目《きまじめ》だから、なにをやるにも〝ためになる〟〝役に立つ〟などなど大義名分を求めたがる。ただ〝楽しいから〟だけでは気が引ける。趣味のゴルフにしてからが〝健康によろしい〟〝商談に役立つ〟なにか理屈がほしいのである。ノホホンとただひたすら楽しいだけでは我慢ができないのだ。

なにが言いたいのか、もうおわかりだろう。読書もただ〝楽しいから〟それだけでもよいではないか。それだけでも人生はずいぶん得をするではないか。もちろん読書には〝知識が増す〟〝思案が深まる〟などなど長所がほかにもたくさんあるけれど、私は声を大にして、

「楽しいだけでもすばらしいじゃないですか」

と叫びたいほうだ。

なによりもまず私自身の読書がそこから始まった。小学五〜六年生のころ父親の本棚から落語全集を見つけ出し、ケラケラ笑って読みふけった。とりわけ〈千早《ちはや》ふる〉が好きだった。在原業平朝臣《あそん》の作〝ちはやふる神代もきかず竜田川からくれなゐに水くくるとは〟を横丁のご隠居さんが解釈してくれるのだ。

「竜田川という相撲取りがいてなア、千早という花魁《おいらん》に惚《ほ》れたが振られてしまう。これが千早ふる、だ。じゃあと妹分の神代に、声をかけたが、神代も聞かず、だ。悲観した竜田川は故郷に帰って家業の豆腐屋を継ぐが、ある日、店先にみすぼらしい女が立っている。〝おからでもめぐんでください〟と言われ、よく見れば、これが昔、自分を振った千早花魁のなれの果て。〝お前になんか、おからだってやれない！〟花魁は〝ああ、みじめなことよ〟と、かたわらの井戸に身を投げ、これが、からくれないに水くぐるとは、だ」

これが縁で私は小倉百人一首に興味を覚え、古文がいくらか読めるようになり、現在の古典文学への関心は、その源を訪ねれば、

――あそこだったなあ――

としみじみ思い出すのである。

次に〈銭形平次捕物控〉。その次にヴァン・ダインの〈グリーン家殺人事件〉。芥川

龍之介の短編やパール・バックの〈大地〉も読んだが、どれもこれもおもしろいから。すでにして読書習慣が身についていたから少々むつかしいものでも、おもしろければ充分に読みこなせた。〈チャタレー夫人の恋人〉なんかもこっそりと読みましたね、はい。

それからはどれほど読書を楽しんだかわからない。私の人生の第一番の楽しみとなったのは疑いない。あえて言えば、小説を書くことを職業とするようになったため、一番大好きな読書も仕事の一部となり、そのぶんだけ純粋に読書を楽しめなくなってしまった、これが現在の悩みである。

難があるとすれば、テレビやケータイとちがって、とっつきにくい。入口のところで少し努力をしなければいけない。ここを通り抜け読書習慣を身につけてしまえば、もうしめたもの。いくらでも楽しい道が続いている。これを知るのと、知らないのと、人生の利益はどれほど差があることか。私は正直なところ、

「読書をしないなんて、どうしてそんな損をして平気なの？」

馬鹿《ばか》じゃなかろうか、と疑ってしまう。

さて、お話変わって私は文化庁の国語分科会の委員を務めている。平成十六年の答申〝これからの時代に求められる国語力について〟（文化庁国語課資料）の作成にも

微力ながら関わった。

国語力の大切さは論をまたない。あらゆるものが国語から始まる。私たちは日本語でものを考えるのだ。国語は国語科だけのものではなく、外国語の学習ですら根底にあるのは日本語、つまり国語力である。日本人としてのアイデンティティもまた国語にあると言ってもよいだろう。このあたりの詳細はいま挙げた答申にあるので、ここでは触れないが、その国語力はどうやって培《つちか》われるのか？　私は、

「全部とまでは言わないが、国語力の涵養《かんよう》は読書によって六、七割がたを確実に実現できる」

と信じている。

そして、その方法は読書習慣を早い時期に身につけるかどうかにかかっている。答申も〝自ら本に手を伸ばす子供を育てる〟ことを強く訴えている。

では、自ら本に手を伸ばさせるにはどうするか？　子どもたちに接する人が……仲間が、親が、先生が、真実、読書を楽しんでいること、これが一番だ。口先で「本を読みなさい」と勧めるのではなく、毎日の生活の中で、先生が、親が、仲間が、読書を楽しんで、楽しんでやまないのであれば、それを見ている子どもたちは、

――なんだかすっごくおもしろそう――

黙っていても、まねをするのである。

初めは〝千早ふる〟でもいっこうにかまわない。楽しくなければ読書じゃない。なお国語分科会の委員としては、答申の中で読書の重要性がはっきりと述べられているから満足してよいのだろうけれど、

「子どもたちがみずから本に手を伸ばすよう、そういう環境作りが大切だ」

と力説され、私は頷《うなず》きながらも、

「はい。つまり作者がそういう本を書けばいいんですよね」

実作者としては、さらにこの悩みがつきまとってしまうのである。

詩歌初体験

初めて出会った詩集は、はっきりと覚えている。私は小学五年生。それから六十年たった今、そっくりの復刻版が私の書棚にさし込んである。

黒い表紙に金字のレイアウト、オレンジの帆をかけた舟が浮いている。中を開くと、

〝きんらんどんすの
帯しめながら
花嫁御寮《ごりよう》は
なぜなくのだろ〟

と綴《つづ》れば、ご存知のかたもおられるだろう。一世を風靡《ふうび》した挿画家にして詩人、蕗《ふき》谷虹児《やこうじ》の詩集であった。おそらく姉たちの書棚から取って盗み見たのだろう。いっぺんで気に入ってしまった。

リズムがいい。言葉が美しい。十二歳の子どもに言葉の美しさがわかるかと問われると、困ってしまうのだが、私が好ましいと思い、それが今日文筆家でいることとどこかつながっているように思うのは本当である。

蕗谷虹児はむしろ垢《あか》ぬけた、モダンな絵を描く画人として知られているが（そして私はそれなりにその画風も評価するが）私にとっては絵よりも詩、文字通りこの人を通して詩歌に目覚めた、と言ってよい。

ほかにもいろいろな詩人の童詩にも接したはずだが、やはり鮮烈に覚えているのは虹児の詩たちである。

その頃と現在との中間点、国立国会図書館に勤めていた三十代に私は思い出して書庫のすみから、この詩集を出して読み直してみた。心中に、

――あの頃は餓鬼だった。本当によい詩だろうか――

大人の目で鑑賞し直してみたかったからである。

――やっぱりいい――

少なくとも私には依然として好ましかった。今もそうである。

〝昨夜《ゆうべ》巴里《パリ》に笑い過ぎ

今朝は巴里を泣いて覚め
若い身空をなんとしよう
笑いのマスクを盗まれた

ことこと　ことこと
ことこと　ことこと

涙《なみだ》のマスクを　ふところに
旅のピエローは　身《み》が痩《ほそ》り
夜更《よふ》けをセーヌへ水鏡《みずかゞみ》

ことこと　ことこと　こと〟

いいじゃありませんか。

（〈夜更けに聴く靴の音〉国書刊行会刊〈花嫁人形〉より）

日本語と私

いつも明快で、的確で、美しい日本語を使いたい、と願っている。

明快とは言葉遣いも構文もわかりやすいこと。やさしい表現が望ましいけれど、それだけでは他の条件をそこなうおそれがある。ある程度の豊富さは絶対に必要だ。ただ、むつかしい言葉を使うのが〝偉い〟とか〝文学的だ〟とか、そんな意識は払拭《ふっしょく》したい。関係代名詞を持たない日本語では、文章を割って短くし、接続の部分を適度にくり返したほうが平易になりやすい。

〝太郎はおばあさんが買ってくれた大切な手袋をクリスマスの夜に片方だけ駅前から踏切りに抜ける細い路地に落として汚してしまった〟とあるのは、

〝駅前から踏切りへ抜ける細い路地がある。太郎はクリスマスの夜にここを通って手袋を片方だけ落として汚してしまった。おばあさんが買ってくれた大切な手袋である〟

のほうが、わかりよいだろう。

的確というのは対象を過不足なく表わしていること。優れた俳句を見ていると、

——うん、これだ、これしかない——

その場面を、その心情を写すのに、これ以外の表現は全部駄目と言ってよいほどみごとな選択を五七五に託している。日常の言葉遣いすべてに俳句の厳密さを求めるのは、疲れるし、不可能だし、望むべくもないけれど、心構えとしてはそんな憧憬《しょうけい》くらいは持っていてよいだろう。乏しい語彙《ごい》量では的確さは果せない。たくさんの言葉を知っていることは表現を的確にし、豊かにし、さらに心を豊かにしてくれる。おそらく思索をも豊かにしてくれるだろう。若い人たちの語彙不足は（私はそう感ずるのだが）まことになさけない。

三つ目の条件、すなわち美しい日本語は、本当にむつかしい。悩ましい。なにをもって美しいとするか。人それぞれ、と言われれば、その通り、厳密な定義は困難だが、言葉として美しいこと、イメージが美しいこと、趣きがあること、大ざっぱなものさしをとりあえず当ててみるよりほかにない。これが中核であり、中核のふちの部分に、それぞれの個性や特殊性があると考えてよいだろう。

「美しくないものを表現するときは、どうなんだ」

と意地わるく尋ねられたら、そのときは、

「汚いものをどうしても表現しなくてはいけないのなら〝的確に〟という条件を持ち出すでしょうね」

的確であることが正しさに通じ、正しいことはどこかで美しさに通じているものだ。ここまでに述べてきたこととおおいに矛盾するのだが、言葉を用いる方法には、あえて韜晦《とうかい》を選ぶこと、あえて不充分のままでおくこと、あえて異端の美しさを訴えることもある。これなくしては言語生活はずいぶん貧しいものとなるのも本当だ。ある種の文芸作品はこれを命綱にしている。

十七世紀のフランス貴族社会に見られたプレシオジテはことさらに気取った表現をよしとした風俗であり、賞賛から嘲笑《ちょうしょう》まで毀誉《きよ》褒貶《ほうへん》の道をたどったが、どの言語にもこうした傾向はかいま見られるだろう。

しかし、特別な人たちの特別な言葉遣いについては言うまい。私としては一つのスタンダードとして〝明快で、的確で、美しい日本語〟を訴えるばかりで、あとは民度の問題、当人の自覚の問題としか言いようがない。

日本語が曖昧《あいまい》かどうかというテーマも、

「そんな気もするけど、言葉ってのは、どの言語も曖昧な部分を持っているんじゃないのかなあ」

と私は考えるほうだ。心理や思索を百パーセント発話や記述で表わすのは、どの道、完全にはできない。

最後にひとことだけを言えば……昔は〝言葉を知らない〟ということが恥であった。恥の文化はいじましくて、私自身けっして好きではないけれど、劣等感を覚えるのではなく、よい日本語への憧憬を抱くことが社会の風潮として伏在すること、それを望みたい。「言葉なんかどうでもいいじゃん。通じるんだから」では先行きは暗い。

キスとキズ

幼いときから言葉遊びが好きだった。家族の中にそんな習慣があったかららしい。おそらく日本語は際立《きわだ》って言葉遊びの多彩な言語だろう。いろいろな趣向がある。かけ言葉、枕詞《まくらことば》、しゃれ、地口、回文、数え歌、いろは歌のたぐい、実にたくさんある。最近、木村功氏の著述〈不思議な日本語　段駄羅〉(踏青社刊)を読み、珍しい言葉遊びの存在を知った。たとえば、

甘党は　ようかんがえて　石を置く

菓子を食いながら碁を打っている風景だろう。五七五を定型とするが、第二句が〝よう考えて〟と〝羊羹《ようかん》が得て〟の二重の意味になって、しかも全体としてまとまりを作っている。私もまねをして、

合格や　きょういくママの　笑顔なり

教育ママと〝今日行くママ〟の電文を絡《から》めてみた。

私としてはとりわけナンセンスが大好きで、これも日本語の言葉遊びの特徴の一つだろう。

世の中は澄むと濁るのちがいにて、刷毛《はけ》に毛があり、禿《はげ》に毛がなし。わけもなくおかしい。これも眠れない夜に布団《ふとん》の中であれこれ考えて創《つく》ってみた。

世の中は澄むと濁るのちがいにて、キスは甘いし、疵《きず》は痛いし。旗はヒラヒラ、肌はチラチラ。ためになる人、駄目になる人。菓子は食いたし、餓死は食えない。墓は死んだら、馬鹿《ばか》は死ななきゃ治らない……。

日本語は語彙《ごい》を構成する音の数が少ないから、いきおい同音（類音）異義語が多くなる。〝貴社の記者、汽車で帰社した〟、なんて、これが言葉遊びを多彩にする。あなたもいかがですか。

水上勉さんのこと

水上勉さんの謦咳《けいがい》に親しく接したのは三回だけ、だったと思う。二回は講演会の講師として驥尾《きび》に付した。一回は文学賞の選考会で上田市郊外の温泉にまで赴いた。このときは帰路水上さんの仕事場にもお邪魔したはずである。

講演については水上さんはまことに、まことに話上手であった。定評は天下に鳴り響いていた。ご自身の貧しい生い立ちから説き起こして人生の哀《かな》しさを、人間の真ごころを連綿と語りつぐ。声も静かに通ってつきづきしい。ときには感きわまり、ポケットからハンケチを取り出して目がしらを拭《ぬぐ》う。聴衆はもうあらかた泣いている。似かよったテーマを話すことが多かったようだが、何度聞いてもすばらしい。聞き手としては、

「待ってました!」

定番を聞くのが喜びであるような雰囲気が実在していた。

同じ演壇に立つのは辛《つら》い。私は充分に若輩だったから講演の力量に差があるのは全

く当然と思っていたけれど、私の話はどちらかと言えば喜劇である。客席に笑いが流れるほうである。水上さんがポツリと漏らして、

「どっちが先がええのかなあ」

つまり、二人の講師が立つとき、泣きが先か、笑いが先か、私としては大先輩の水上さんがとりを取るものとばかり考えていたが、水上さんは全体として本日の講演会が成功するかどうか、どちらの順序が聴衆のニーズに応《こた》えうるものか、思案されているふしがあった。

——芝居の座長をやられたこともあったはずだし——

と、水上さんの多彩な前歴に思いを馳《は》せないでもなかった。

水上さんは話題が豊富で、雑談の名手でもあったから、お会いしたのは三回こっきりでも心に残ることは多い。その中でもとびきりよく覚えているのは、

「〈飢餓海峡〉はどのくらい取材をされたんですか」

「いやあ、あれを書いたときは、なんも知らんかった。五万分の一の地図を頼りに津軽海峡と下北半島を調べて」

「うわーっ」

「あとで行ってみても、まあまあだったかな、そう思ったわ」

天晴《あつぱ》れ小説家の技というものだろう。主人公が小舟で海峡をわたり、人けない浜辺で舟を焼き、トロッコに乗って鄙《ひな》びた売春宿にたどりつく。あれがみんなイマジネーションであったとは……。入念な取材も大切だが、小説家はときには天かける想像力を駆使しなければなるまい。私もやる。そんなときは水上さんの言葉を思い出す。

水上さんはミステリーの執筆で小説家としての地歩を固めた人であったが、やがて、

「人殺しはもういいよ」

哀歓をこめて人生のくさぐさを書くことのほうへ心が動いた。読者としては、リアリティー溢《あふ》れる社会派ミステリーを、もっともっと読みたかったけれど、この心境もわからないでもない。

——もう少し多くお会いしておけばよかった——

今となっては、かえすがえすも無念である。水上さんは、おそらく「それが人生というものなんや」と呟《つぶや》くだろう。優しい笑みを思い出しながら、合掌。

修善寺へ遅れ旅

〝六日のあやめ、十日の菊〟という諺《ことわざ》がある。あやめは五月五日の祝い花。六日になってはもう遅い。価値が下がる。菊花も同様に九月十日は重陽《ちようよう》の節句が過ぎている。タイミングを逸していることの謂《いい》である。

過日、伊豆半島の修善寺温泉に妻ともども赴いたが、これは文字通り、私たちにとってタイミングを外した、手おくれの旅であった。

それというのは、私は少し前に〈修善寺にて〉という短編小説を綴《つづ》った。一見私小説風、しかし、ほとんどがフィクションである。

本当はこれを書く前に、

「修善寺温泉に行きたいな」

取材の旅に出たかったのである。もちろん長いこと東京に住んでいるのだから修善寺温泉へ足を運んだことはある。多分、四回ほど行っているだろう。だが、記憶は薄くなっているし、様子も変わっているだろう。それよりもなによりも小説を書くときには、たとえ三、四十枚の短編小説でも舞台となる土地を踏んでおいたほうがよい。知識はほかの資料でも集められるが、主人公たちの微妙な臨場感はやはり作者自身が親しく、近しく実感したことによって創《つく》られる。今まではたいていそんな心がけで書いてきた。

だが過日は師走《しわす》も押し迫って時間がなかった。

——仕方ない——

修善寺を訪ねることのないまま筆を執ってしまった。妻は（いま述べた二月号の小説にほんの少し登場し、ほんの少しながら大切な役割を当てられているのだが）、

「行きたいわねえ」

「ああ」

「私も、この前……」

と言い淀《よど》む。

朗読家の妻は、舞台で名作を読んでいる。二〇〇三年の秋には私が主宰する講演と朗読の会〝朗読21〟で津村節子さんの短編小説〈新緑の門出〉（文春文庫『光の海』所収）を読んだ。

この小説では女主人公が修善寺の宿で男との密会を約束する。そこへ行く道すじ、

駅で拾ったタクシーの運転手に、

「途中紅葉のすごい公園があるけど、寄ってみませんか」

と誘われ、待ち合わせまで時間があることだし、でも本当に途中なのかしら、とためらうが、行ってみればそこはみごとな紅葉の山。その光景は、

〝山の樹々《きぎ》は一本残らず紅葉していて、緑色は見られない。なだらかに続く斜面は紅葉が散り敷いていて、その上を踏みしめると靴が埋もれるほど厚く柔らかであった。

右を見ても左を見ても、紅葉の林が遥《はる》かに続いていて、空もまた紅葉に覆《おお》われている。

運転手は長い脚で落葉を踏みながら登って行く。時々振り返るかれの顔が火照《ほて》ったように赤く見えるのは、紅葉の照り返しだろう。自分の顔も紅葉に染っているのだろうか。

理恵子は、初めのうちこの紅一色の光景に圧倒されていたが、人里離れた林の中で、素性の知れぬ男と二人きりでいることに不安を覚えはじめた。物音と言えば、梢《こずえ》をゆする風の音と、落葉を踏む足音だけだ。突然かれが立ち停ったので、

理恵子は軀《からだ》を固くした。息が詰りそうになり、

「驚いたわ。こんなに見事だとは思わなかった」

と、声をはり上げるように言った。

「みんな驚きますよ。私ら見馴《みな》れていても、やっぱりすごいと思うものね」

運転手は、拍子抜けするほど、屈託のない声で言った。

「樹の枝ばかりでなく、山の斜面も赤いんですもの。こんなに散って、それでもまだ木は裸じゃないのね」

「子供の頃は、よく落葉の上を滑りに来ましたよ。茣蓙《ござ》一枚で滑り下りるんです」

「贅沢《ぜいたく》な滑り台ねえ」

運転手は、理恵子の驚きに満足したようであった〃

と綴られていて、この華やかさが小説の展開に絡《から》んでいる。

これを舞台で朗読する前に、

「一度、見ておきたいわね」

朗読者もまた可能であれば臨場感をわがものとしておいたほうがよいだろう。

しかし、このときものんびりと温泉旅行を楽しむゆとりがなかった。

「いつか、な」

と訪ねないまま朗読会は終わり、二年後の春を迎えてしまった。

たまたま二人にゆとりが生じ、文藝春秋の編集部からも、

「行きましょうよ」

と勧められ、私としては、

「うん。行けば単行本を作るとき少し加筆できるかもしれない」

と少々無理な理屈をつけ、

「今後のうちあわせもありますし」

と、これは編集部から。

妻のほうはもう一度津村作品を読むチャンスがあるだろう。夫婦二人にとって、さし当たっては〝六日のあやめ、十日の菊〟の情況ではあったが、今後のことも考え、さらに本音を言えば、

――温泉で寛《くつろ》ぎたいなあ――

この願望に従ったのである。

私にとって修善寺と言えば、まず〈修禅寺物語〉である。岡本綺堂《おかもときどう》の名高い戯曲である。この戯曲との関わりは、そもそもの始まりは六十年を越えて昔のことだ。この件については、たった今触れた小説〈修善寺にて〉にも綴ってあるけれど、詳しい経緯をもう少し記しておこう。

小学一、二年生の頃、私の家は杉並区の西荻窪にあって、近くに東京女子大があり、十二歳年上の姉がそこへ通っていた。

同級生に後年作家として立った瀬戸内寂聴さん、近藤富枝さんがいらして姉はずいぶんと親しくつきあっていただいたようだ。

女子大の学祭かなにかで芝居をやることになり、近藤さんがリーダー格。前の年に瀬戸内さんを舞台にのせたところ（以下は寂聴さんの〈私の履歴書〉〔日本経済新聞掲載〕からの引用だが）、

〝私がよよと泣くと、見物がどっと笑うではないか。演出の富枝さんは、

「大体、あなたを使ったのが失敗よ。あなたは喜劇的なのよ」

と大むくれである。それにもこりず、翌年また、私は泣きついて敦江さん（著者注・同級生で、あこがれの君）と芝居がやりたく、出してもらった。今度も富

枝さん演出で、〈修禅寺物語〉。これは富枝さんがヒロイン桂《かつら》の役をとり、敦江さんは主役の夜叉王《やしやおう》であった。

私は小道具から背景を引き受けたお返しにと、桂の妹楓《かえで》の夫の役を与えられた。楓の役は、同じクラス一の美少女阿刀田とし子さんで、流行作家阿刀田高さんこそこの人の実弟である。

前の役はせりふはほとんどなかったが、今度の役は少しあった。私は小学校の学芸会以来、主役しかつとめたことはなかったのに、女子大ではこの体たらくであった〟

といった塩梅《あんばい》。〝美少女〟はまちがいなく寂聴さんの筆のサービスだが、女子大生たちは〈修禅寺物語〉の稽古場《けいこば》に不自由し、私の家がそれに当てられることとなった。家には小広い表玄関があって、たたきを上がると横長の板敷きが広がり、ここが舞台となる。板敷きの両側から家族の居住空間に通ずる二本の廊下が伸び、それぞれが上手、下手の出入口となる。演出家はたたきのほうに椅子《いす》でも置いて指示を与えていたにちがいない。

戯曲〈修禅寺物語〉は、鎌倉時代、修禅寺に幽閉された二代将軍源頼家が無聊《ぶりよう》を慰めるために土地の面造《おもてつく》りの名人・夜叉王に自分の面ざしを映す面を造るように命じたところから始まる。夜叉王は精魂こめて打つが満足な作品ができない。いくつ打っても面相にいまわしい気配が漂ってしまう。早く献上するよう矢のような催促があっても、名人であればこそ気に染まない作品を納めるわけにはいかない。彫っては砕き、造ってはこわし、おのれの未熟さを呪《のろ》って苦悩の日々を送っている。頼家はいくら待っても献上のないことに腹を立て、みずから夜叉王の家に足を運び、夜叉王の制止も聞かず、未完成の面を持って去る。夜叉王は不満の作が自分の名とともに後世に残されることを嘆くが、ストーリーは急激に展開し、館《やかた》に帰った頼家は日ならずして刺客に襲われ命を失う。

夜叉王のもとには二人の娘がいた。桂と楓である。母を早くに亡《な》くし、父と三人で暮らしていた。姉娘の桂は貧しい職人の暮らしにあきたらず、貴人の屋敷へ奉公することを夢見ていた。妹は素朴で親孝行、父の信念をよく理解し、父の弟子春彦の妻となって地道に暮らしている。頼家は面と一緒に姉娘を館へ連れて帰る。桂にとっては願ったり叶《かな》ったり。忠誠心を発揮し、頼家が刺客に襲われたときには、みずからが父の造った(頼家に似た)面を被《かぶ》って逃げ出し、敵をあざむくが、刺客に斬《き》られ、気息《きそく》奄々《えんえん》の状態で父の家へ駈《か》け込んでくる。それを追って頼家の死が報じられる。一部始終を聞いた夜叉王は自分の打った面にいまわしい表情が表われたのは、自分の未熟さではなく、運命を予測する名人の技であったかと覚《さと》り、今後ますます精進することを心に誓い、瀕死《ひんし》の娘の表情を（後日の制作のために）デッサンするところで幕が降りる。

これを上演しようと稽古のため集まってくるお姉さんたちを、幼い私が盗み見て、

——なにをやってるのかな——

興味を覚えたのはまちがいあるまい。

加えて姉は、楓の役をふり当てられていたから稽古以外のときにもしきりにせりふの練習をくり返している。これが私の耳に残った。とりわけ楓の名せりふ……。不満の面を将軍に持ち去られ「もう二度と面は造るまい」と嘆いている父・夜叉王を楓が慰めるくだり。

〝いかなる名人上手でも細工の出来不出来は時の運。一生のうちに一度でも天晴《あっぱ》れ名作ができようならば、それがすなわち名人ではござりませぬか。つたない細工を世に出したを、さほどに無念と思召《おぼしめ》さば、これからいよいよ精出して、世をも人をもおどろかすほどのりっぱな面を作り出し、恥をすすいでくださりませ〟

（〈修禅寺物語〉長倉書店より）

なぜか私までそらで覚えてしまった。

それから何十年かがたち、その間に私は〈修禅寺物語〉を本で読み、テレビで（と思うのだが）演じられるのを見た。結婚して、なにかの折に話してみれば、妻も学生の頃、この芝居にかかわり、春彦の役を演じたのだとか。

が、それはともかく私自身が文筆業についてみると、いま引用した楓のせりふは、まことに、まことにわるくない。たとえば編集者に原稿をわたしたあと……。いつもいつも自信作のはずはない。ありていに言えば、自信作なんて滅多にないことだし、たいていは、

――まあ、いいか――

くらいのもの。そのレベル以下を自覚しながらわたしてしまうこともある。そんなときこのせりふが役に立つのだ。

――名人上手だって、そうなんだから、今月は仕方ないな――

しばらくは下を向いて歩こう。つまり月刊誌の原稿なら発売後一カ月くらい下を向いて歩けばいい、と、そんな気分……。あまり深くはこだわらず、

根が楽天的なほうなのである。

——来月、頑張ろう——

さいわい幼い日に覚えたせりふは、きっかりと頭の中に残っていた。昨今はもの忘れがひどくなってきたけれど、今でもこのせりふならスラスラとそらで言える。こんな個人史を顧みれば、修善寺には足を向けて寝られない。チャンスがあるなら訪ねて行って当然、と言えなくもなかった。聞くところでは、この温泉地の中心に位置する福地山修禅寺には頼家の面が保存されているらしい。私は見たことがなかった。

まったくもって修善寺は東京から近い。踊り子号で二時間と少し。宿は岡本綺堂がまさに〈修禅寺物語〉の想をめぐらした新井旅館をとった。桂川の流れの中にある独《とっ》鈷《こ》の湯は津村節子さんの小説によれば、

〝弘法大師が独鈷で岩を打ったところ湯が湧《わ》き出したと言い伝えられる独鈷の湯は、河原に縦の格子《こうし》の囲いをめぐらし、東屋《あずまや》風の屋根を設けた露天風呂《ぶろ》で、格子の隙間《すきま》から男性の裸体が見えた〟

であり、私も以前に瀟洒《しょうしゃ》な小屋がけを見た覚えがあるのだが、去年の台風で流され、今はすっかり岩場が露呈されている。新井旅館はかつて文人墨客が繁《しげ》く立ち寄ったところでもあり、部分的にはミニ文学館の趣きを備えていた。すぐに散策に出たが、見どころがそう多くある町ではない。北条政子がわが子頼家の冥福《めいふく》を祈って建立《こんりゅう》したという指月殿、そしてその境内にひっそりと頼家の墓、日帰り入浴の施設・筥湯《はこゆ》を外から見たあと寺門をくぐり修禅寺を訪ねた。町の名は修善寺だが、お寺は修禅寺と書く。現在は曹洞宗《そうとうしゅう》の古刹《こさつ》である。

住職の田中徳潤さんが丁重に迎えてくださった。美しい庭園をながめ（正面の滝は七～八キロ離れた達磨山《だるまやま》から水を引いているのだとか）住職より町と寺院の歴史をうかがい隣接する宝物館へ。経典・文書のたぐいは、

「ははーッ、そうなんですか」

ひたすら感嘆するよりほかにないが、眼の赴く先は、伝・頼家の面。私の旅の目的は、一つにはこれであった。相当にグロテスクである。頼家はうるし風呂に入れられ、ひどい容貌《ようぼう》に変わったところを母・政子に伝えるため、これが刻まれた、ということだが、本当だろうか。ちなみに言えば岡本綺堂もこれを見ている。戯曲の内容は、頼家がこの地で暗殺されたことを除けば、ほとんどがフィクションと考えてよい。けれ

ど、面の存在はなにほどかのヒントにはなっただろう。

　宝物館にはほかに頼家公の肖像を模写した掛け軸や木造の釈迦《しやか》如来《によらい》坐像《ざぞう》、これは過日解体修理して、そのおりに中から髪の毛が現われ、遺伝子調査の結果、北条政子の髪かもしれないとか……。岡本綺堂に倣《なら》って私も、ここでストーリーの一つでも浮かべばよかったのだが、それもなく、

「ありがとうございました」

　貴重な本も何冊か頂戴《ちようだい》して辞去した。

　道路ぞいの店で竹細工をながめ、魚の干物を見て、

「わりとうまそうじゃない」

「明日、買えば」

「うん」

　宿に戻り、ゆるゆると温泉につかり、山海の珍味を並べて酒を飲んだ。寝しなに、さっき頂戴した中の一冊をのぞくと、綺堂の旅日記があって、

　〝桂橋を渡り、旅館のあひだを過ぎ、射的場の間などをぬけて、塔の峯の麓《ふもと》に出《い》づ。ところどころに石段あれど、路《みち》はきはめて平坦《へいたん》なり。雑木しげりて高き竹叢《たけむら》

あり。槿《むくげ》の花の白くさける垣に沿うて、左に曲れば、正面に釈迦堂あり。頼家の仏果円満を願ふがために、母政子の尼が建立《こんりう》せるものと伝へらる。鎌倉の覇業《はげふ》を永遠に維持する大目的の前には、あるに甲斐《かひ》なき我子を犠牲《いけにへ》にしたれども、さすがに子は可愛きものにてありけるよと推量《おしはか》れば、ひごろは虫の好かぬ驕慢《けうまん》の尼将軍その人に対しても、一種の同情をとどめ得ざりき。更に左へ折れて小高き丘にのぼれば、高さ五尺にあまる楕円形《だゑんけい》の大石に征夷《せいい》大将軍左源《さげん》頼家尊霊と刻《きざ》み、煤《すす》びたる堂の軒には笹龍胆《ささりんだう》の紋を染めたる紫の古き幕を張り渡せり。堂の広さは二坪を越ゆまじく、修禅寺の方《かた》をみおろして立てり。あたりには杉楓《すぎかへで》のたぐひ枝をかはして生ひたり。秋の日影冷たく、いづこにか蟬《せみ》の声かれがれに聞ゆ。余りにすさまじき有様よとは思へども、これに比ぶれば範頼《のりより》の墓は更に甚《はなは》だしく荒れまさりぬ。叔父御よりも甥《をひ》の殿こそ未《いま》だしもの果報《くわほう》ありけれと思ひつつ、香を手向けて去る。入り違ひに来たりて磬《けい》を打つ参詣者《さんけいしや》あり〟（〈秋の修善寺〉より）

と、風景も変わっているけれど、はい、岡本綺堂はまことに、まことに名文家でしたね。いつのまにか眠った。

翌日はまず紙漉《かみす》きの施設へ。いったん消えてしまった修善寺和紙を有志が再現して観光客に示そうというもの。数年前から始まったらしい。予約をしてレクチャーを受け、実際に漉いてみる。葉書をつくる。一度に六枚を作る。和紙を漉くのは葉書大でも結構大変、要所で手をそえてもらって、なんとか作った。野の花を散らして模様入りの六枚を仕上げた。

それから一路梅林へ。少し寒いが、快晴の空の下、梅花のまっ盛りだった。ほのかに梅の香が薫《かお》る。

紅梅の林、白梅の林。歩きながら酒を飲んだ。

すがすがしい花見となったが、先にも記したように朗読者たる妻にはほかの目的があった。

「紅葉の山はどこにあるのかしら」

津村節子さんが書いた林はどこだろう？

「ここじゃないな」

周囲の木々は、かえでではない。かえでは疎《まば》らにしか立っていない。紅葉山を訪ねてせめて群がる木々をながめたい。今は眼前に紅の葉を見ることができなくとも、想像力を膨らませたい。

土地の人を呼び止め、

「紅葉の山はどこですか」

「はい……」

梅林とは自動車の通る道を一つ隔てた向こうの山らしい。途中で道を失い、もう一度、

「紅葉の山はどこですか」

と尋ねた。

結局、三回、同じことを尋ねてしまった。

たどりついてみれば、山一面がみごとなかえでの林である。この木々が紅葉に染まり、日ごと夜ごとに葉を落としたら、どれほどの赤の色だろう。確かに目の奥にまで鮮かな色が染《し》み込んで、まっ赤になるにちがいない。

「今日のところは心眼で見るんだな」

「ええ」

充分に想像をめぐらすことができた。

話は少し戻るが、ここまでの道を尋ねたときのこと、土地の人はみんな……三人が三人とも親切に教えてくれた。だが、私たちが……つまり、人生を何十年か生きた、

いい大人が（同行五人だったが）道を尋ねるたびに、

「この向こうですけど」

と丁寧に告げたあとで、どの人も、

「今は駄目ですよ。秋にならないと」

トホホホホ。わかってます。子どもじゃないんですから。私たちは苦笑し、三度目には大笑いをこらえるのがつらかった。

しかし、まあ、梅の季節に紅葉の山を訪ねる人は珍しい。津村さんが書いた紅葉の美しさを見るためには、

「もう一度、来よう。修善寺は温泉もいいし近いし」

「ええ、そうしましょ」

その暁には土地のかたにきっと尋ねてみよう。

「梅林はどこですか」

「この向こうですけど、今は駄目ですよ。春先でなくちゃあ」

きっと親切に答えてくれるだろう。

II

美術に読むギリシャ神話十話

フェリクス・ヴァロトン「エウロパの略奪」

欧米のミュージアムを訪ねるとき、ギリシャ神話の知識は欠かせない。美術品を通してギリシャ神話の世界へ皆さまをご案内しよう。

まずは大神のゼウスから……。しかし、これを語る前にひとこと。古代ローマ人はギリシャ神話を取り入れて自分たちの神話と融合させてしまった。ひとくちにギリシャ・ローマ神話と呼ばれる所以《ゆえん》である。ただ、そのとき神々の名前はローマ風のものを残し、それがフランス語や英語に伝わったため、私たち日本人にもギリシャ風の神の名よりローマ風が親しみやすい。ゼウスよりジュピターがよく知られているだろう。

そのゼウスことジュピターは天界から地上を見おろし、美女を見つけては恵みを垂

ベルン美術館蔵

れる。古代フェニキアの王女エウロパが、現在のレバノンあたりの海岸で花を摘んで遊んでいるところへ、ジュピターは美しい雄牛となって近づき、

「あら、すてき」

と、王女が背中に乗ると牛はとっとと海に入り、そのまま泳ぎだす。王女が助けを求めても、あとの祭。クレタ島まで運んで子どもをもうけ、子孫を繁栄させた、とか。

スイス生まれのヴァロトン（一八六五～一九二五）は写実を排し、独特のデフォルメを好んだ。写楽や北斎の影響があったというが、頷《うなず》ける。牛は褐色、海は群青《ぐんじょう》、対比が力強い。

グスタフ・クリムト「ダナエ」

アルゴス王は〝娘の子に殺される〟という予言を受けていたので、娘ダナエに男が近づかないよう高い塔内の青銅の部屋にとじこめておいた。ところがゼウス（ジュピター）がダナエを見そめ黄金の雨となって近づく。ダナエが細い窓越しに、

「あら、きれい」

と身を寄せたとたん、ゼウスとの愛が成就《じょうじゅ》。

こうして生まれた子が神話の英雄ペルセウスだ。ペルセウスは、怪女ゴルゴンを退治したり、王女アンドロメダを助けたりして、よく知られている。また、競技会で投じた円盤が、かつてのアルゴス王（ダナエの父）にあたり、殺してしまう。予言が正しく実現された、というわけ。

絵は、ダナエが黄金の雨を受け、恍惚《こうこつ》に浸っているところ。波打つ髪がエロスのたゆたいを示してつきづきしい。もう一つの乳房をつかんでいる指の動きも、ただごとではない。絵の左側には、黄金の雨が滝となって流れ、飛沫《ひまつ》がまるく散って輝き乱れ

個人蔵　© E. Lessing／PPS

ている。恍惚と黄金は、クリムト（一八六二～一九一八）にふさわしい。ダナエの腿《ふともも》の太さは豊饒《ほうじょう》の表れ、繁栄の約束か。ゼウスが多くの女性と交わるのは、人々への神の恵みを示す寓話《ぐうわ》。ただの好色ではない。

デロス島のライオン像

エーゲ海の小島デロスへは舟で行く。朝一番、小さな舟が島の桟橋に着き、その舟に乗って来た守衛が港の門を開け、その日の観光が始まる。見わたすかぎりの岩っ原。草が低く繁《しげ》って、高い木は少ない。島の一郭に大理石のライオンたちが同じ方角を向いて坐《すわ》っている。アルカイック期の作で、今は五頭。欠損はあるが、神域とされた島に建つ姿は美しい。往時はもっと荘厳な風景だったろう。この島の由来もまた大神ゼウス（ジュピター）の女性関係だ。ゼウスは、由緒《ゆいしょ》あるタイタン一族の娘レトを見そめて交わった。レトは懐妊する。ところが、この情事がゼウスの正妻ヘラ（ローマ系の名はジュノー）に知れ、怒ったヘラは、

「赤ちゃんを生む場所をレトに与えちゃ駄目」

と天下に命令をくだした。出産が近づきレトは真実困惑してしまう。海神ポセイドン（ローマ系の名はネプチューン）があわれに思い、

「浮き島ならよかろう」

と当時はエーゲ海に浮いていた（と伝えられる）デロス島を提供してくれた。レトは双児《ふたご》を生み、これがアポロンとアルテミス。ともに有力な神である。こうしてこの島が信仰のシンボルとして長くギリシャの歴史にかかわることになった。

エフェソスのアルテミス大女神像

大神ゼウスの子としてアポロンと一緒にデロス島に生まれたアルテミスだが、本来的にギリシャの女神であったかどうかは疑わしい。アポロンもそうなのだが、名前の由来にギリシャ語的淵源《えんげん》をたどれない。それゆえに周辺民族の神であった可能性も高い。古代ギリシャ人が版図を広げていったプロセスでいろいろな神がギリシャ神話に混入した。アルテミスはトラキアや小アジアで、野獣の棲《す》む森や狩猟を支配していた女神と深い関わりを持っていたようだ。

図版のエフェソスの出土像がよく知られている。周辺は未開の地であったろう。胸のあたりに数多《あまた》ぶらさがっているのは乳房である。豊饒《ほうじょう》の願いがこめられている。アルテミスはまた熊《くま》との関わりも深い女神で、このあたりにも森の気配が漂っている。

この女神がローマに入るとディアナ（ダイアナ）と同一視され、これはむしろ月の女神である。双生のアポロンが太陽の神であるのと、よく呼応しているが、本来のアルテミスは月との関わりが薄い。ディアナが狩猟の神である部分で重なっている。

属性はいろいろあって、優しい女神であったり、恐ろしい女神であったり、これも混合の結果ではあろうか。エフェソスの出土像はまちがいなく怖い。

アルテミシオン岬発見の神像

大神ゼウスの父クロノスは〝自分の子に滅ぼされる〟という予言をおそれ、生まれた子を次々に食べてしまった。妻のレアーはたまらない。ゼウスが生まれたとき石を産着《うぶぎ》に包んでクロノスにわたし、ゼウスを岩穴に隠して育てた。成長したゼウスは薬草を父に食べさせる。胃袋の中にいる兄姉たちを吐き出させ、みんなで父を討った。

このとき活躍した男神三人、すなわちゼウス、ポセイドン、ハデスは、

「兄弟喧嘩《げんか》はやめよう」

とばかりに支配権を分割。ゼウスが天と地、ポセイドンが海、ハデスが地下の冥界《めいかい》を受け持つ。

さて、図版はギリシャの海、アルテミシオン岬で発見された青銅像。ポセイドンとも、ゼウスとも言われている。伸ばした両腕が戟《ほこ》を支えていたらポセイドン。右手に雷玉を持っていればゼウス。今は失われているので、定まっていない。

青銅像の傑作であることは疑いないが、大理石の彫像が多かったときにこの神像が

アテネ国立考古学美術館蔵

造られたのは興味深い。青銅であればこそ、なんの支えもなく二本の腕を広く、力強く伸ばせたのだから。芸術家の挑戦であったろう。神々《こうごう》しい風貌《ふうぼう》は神話の有力な男神にふさわしい。

ベルニーニ「アポロンとダフネ」

これはドラマチックな瞬間である。男神アポロンが河の神の娘ダフネを見そめて追いかけた。

「私はアポロンだ。アポロンの愛を受けて損はないぞ」

と呼びかけてもダフネは逃げる。ダフネは処女のままでいたかった。

「助けて！　お父さん」

河の神は娘の願いを聞き入れ、アポロンの手がダフネにかかったとたんに娘を月桂《げっけい》樹《じゅ》に変えてしまう。ダフネの腕が枝葉に変わり、脚が幹になりかけている。微妙なリアリティがあって、おもしろい。アポロンは泣く泣く月桂樹を折って冠を作り、みずからの頭に飾った。つまり月桂冠。オリンピックの勝者にこれが与えられるのは、古代ギリシャ人のアポロン崇拝の表われである。

このエピソードの前にアポロンが赤ちゃん神のエロス（ローマ風の名はキューピッド）に会い、手にした弓矢を見て、

ボルゲーゼ美術館蔵

「坊や、危ないよ。ちゃんと使えるのかい？」

と、からかった。プライドを傷つけられたエロスが愛の矢を放って、アポロンを報いられない恋に駆り立てた、とか。ベルニーニ（一五九八〜一六八〇）はナポリ生まれ。激しい動きを刹那《せつな》で捕らえるのが巧みであった。

アガメムノンのマスク

ミケーネ遺跡を発掘していたシュリーマン（一八二二〜九〇）がこのマスクを見つけて、「われ、アガメムノンのマスクを発見せり」と欣喜雀躍《きんきじやくやく》した、とか。〝アガメムノンのマスク〟と俗に称されている。黄金で造られ、一見して高潔な表情。みごとな細工。こんな宝物が土の中から出てきたら、だれだって大喜びをする。

シュリーマンは、幼いときに知ったトロイ戦争のお話を、本物の歴史と信じこみ、長じて発掘調査を敢行したドイツ人。トロイ遺跡を発見し、ついでミケーネへ調査の手を伸ばした。

ミケーネはトロイ戦争のとき、ギリシャ側の総大将アガメムノンの故国だった。王は凱旋《がいせん》し、ここで妃《きさき》に殺されている。この地で、りっぱな墓が見つかり、こんなに威厳のあるマスクが出土したら、

「すわアガメムノン」

アテネ国立考古学博物館蔵　© E. Lessing／PPS

と思いたくなるけれど根拠は乏しい。第一アガメムノンは実在した王だったのか。トロイ戦争のくさぐさはホメロスの〈イリアス〉にくわしい。あれを読む限り（私見を述べれば）アガメムノンはそれほどりっぱな王ではなかった。むしろ強欲で、狷《けん》介《かい》で、横暴な男だった。マスクに漂う気高さとはかなりちがう。

アキレウスとアイアス

アンフォラと呼ばれる陶器の大壺《おおつぼ》。まるい腹部にアッティカ期特有の精緻《せいち》な黒像が描かれており、作者の名もエクセキアスと知られている。この様式の完成者だ。

図版はアキレウスとアイアス。卓上ゲームを楽しんでいる。

アキレウスの母はテティスという女神で、生まれたわが子を不死身にするため冥府《めいふ》の河につけこんだ。そのとき両足首を握っていたので、そこだけが水に触れず、アキレウスの弱点となる。アキレス腱《けん》の由来として知られるエピソードである。

トロイ戦争ではギリシャ軍きっての勇者。ホメロスがうたった〈イリアス〉では主人公の役を当てられている。いやいや戦に参加したが、親友のパトロクロスが殺され、獅子《しし》奮迅《ふんじん》の活躍を示す。怒ると怖いが、心の優しいところもあった。

アイアスもアキレウスに次ぐ勇将であったが、こちらは粗暴で、無茶苦茶なタイプ。アキレウスの死後、その鎧《よろい》をだれがもらうか、もらいそこねたアイアスは暴れ狂って死んだ、とか。あまり賢くはない。

戦場のつれづれとはいえ、この図柄はアキレウスとアイアスを親しい友人同士のように描いて、アイアスの評判回復に役立った、という説もある。

キリコ「ヘクトルとアンドロマケ」

トロイ戦争で一番すてきな勇者はだれか？

トロイの第一王子にして総指揮官格ヘクトルをおす声は高い。篤実《とくじつ》で、勇敢で、賢かった。戦の帰趨《きすう》をかけギリシャ軍きっての勇者アキレウスと一騎討ち。敗れて屍《しかばね》を戦野に引かれたのはあわれであったけれど、これさえもが多くの涙を誘い、感動をもたらしてくれる。

そのヘクトルの妻がアンドロマケ。幼い子を残して決闘に赴く夫に妻は、

「行かないで！」

と迫るが、もはや勇将は退くことができない。図版はそんな二人の別れを描いている。

ギリシャ生まれで古典に深い関心を抱いていたキリコ（一八八八～一九七八）が、このテーマを描くのは納得できるけれど、キリコのシュールレアリスムは、なにを訴えているのか。戦場に赴くヘクトルが甲冑《かっちゅう》をまとい、アンドロマケもまた女の戦へ、甲冑

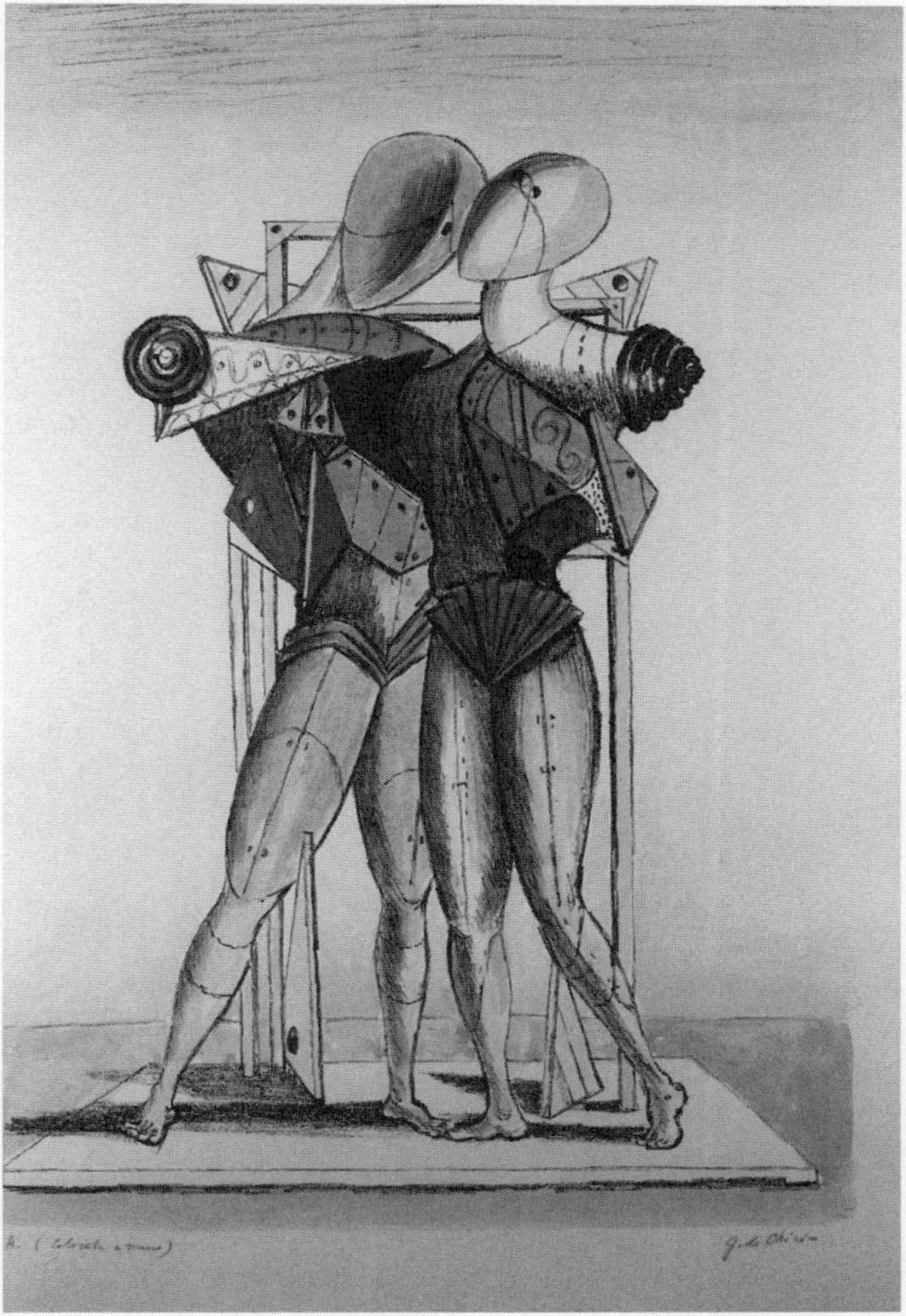

が必要なのかもしれない。

夫の死後アンドロマケは、夫を殺したアキレウスの息子ピュロスの激しい求愛を受け、亡夫への操《みさお》を貫くべきかどうかを思って苦しむ。結局、ピュロスの妻となり、そのピュロスも殺され、また悩んだすえ、トロイの残党の一人ヘレノスの妻に。つまり悲運にさらされるが、思いのほか打たれ強い。りっぱな甲冑を心につけていたのかもしれない。

デルフォイのスフィンクス

エジプトのスフィンクスに比べてギリシャでは翼がある。人間の顔、ライオンの体、ギリシャでは胸のふくらみなどもあって女性と見なされるが、こうしたエジプトとギリシャの区分も絶対的なものではないようだ。動物界の雄ライオンへの崇拝から生まれた古い信仰を示すものらしい。

ギリシャではオイディプスの伝説に登場して、

「朝は四本足、昼は二本足、夜は三本足で歩くものはなにか」

と旅人に問いかけ、答えられないと旅人を食べ殺してしまう。ところがオイディプスに、

「それは人間だ」

と正解を言われて、みずから死んでしまった。この謎《なぞ》は、幼いときは四つんばいに、老いて杖《つえ》をつく人間を暗示しているというが、釈然としないところもある。

かならずしも足の数を言うのではなく、どのようにでも変化する人間の本質を、こ

デルフォイ美術館蔵

ともあろうに当の人間に言い当てられてスフィンクスはおびえたとか、あるいは山に捨てられ四本足の野獣に等しい存在、理性を持つ人間、そしてなにとも知れない三本足、オイディプスが自分の運命を予知しているのを聞いて、予言の神スフィンクスは立場を失ったとか、諸説がある。人間の実存が問われている、という深読みもある。

ホメロスの〝故郷〟を訪ねて

ギリシャが生んだ一番の有名人といえばホメロスに止《とど》めを刺す。盲目の吟遊詩人。紀元前八〇〇年ごろ、〈イリアス〉〈オデュッセイア〉二つの叙事詩を語って諸国を渡り歩いた。

ホメロスの生まれ故郷は、いくつかが推定されているけれど、その候補地の一つヒオス島を訪ねたときのこと。見慣れない日本人がホメロスについて調べていると知れるや、島の警察署長が現われて、たちまち島の役場に案内された。島長はあから顔で、元気がいい。かたわらに気むつかしそうな女史がいて、助役くらいの役どころかな。島の文化面はこの女史が担当しているらしく、

「はい、ここがホメロスの生まれたところです」

厳然と主張する。島長のほうは島の行政に忙しいのか、ホメロスについては知識が薄く、発言は少ない。日本人にいい加減なことを伝えてはまずいと思ったらしく、前の島長を呼び寄せた。前島長は学者みたいな風貌《ふうぼう》で、多分ホメロスにもくわしいのだ

ろう。

「まちがいありません。ホメロスの生誕地はこの島です」

と、ひたすら主張する女史に対し、学者風の前島長はとまどいがち。

「いちがいには言えんけど」

「いいえ、ここです」

現島長はただ見守っているだけ。

ちなみに言えば、ほかの候補地はみんな現在のトルコ領なので、ギリシャ人としてはぜひともヒオス島、つまりギリシャの島であってほしいのだ。私としてはヒオス島の可能性はむしろ小さいと思っていたのだが、女史の剣幕はまことに猛々《たけだけ》しく、私のみならず島の二人の有力者も説得され、とりあえずこの場ではヒオス島こそが生誕地と決定してしまったみたい。

やはり〝英雄は私の故郷から〟という思いは世界共通のものなのだろう。ヒオス島はエーゲ海の小島だが、これとは反対のイオニア海、ここにケファリニア島があって、島の南の海岸を仕切っている顔役風の男が、

「オデュッセウスは、この島の王だったんですよ」

と得意顔でのたまう。

オデュッセウスはホメロスが語った〈オデュッセイア〉の主人公、トロイ戦争の英雄だが、出身地はイタキ島というのが相場である。

イタキ島はケファリニア島のすぐ隣にあって、とても小さい。だからケファリニアの顔役としては、

「オデュッセウスほどの男が、あんな小さい島の王であったはずがない。このへん一帯がイタキと呼ばれ、城はケファリニア島のほうにあったんですよ」

なのである。論より証拠。最近、島の山中の墓跡からオデュッセウスのマントの留め金が出土した、というのだ。留め金の模様は一匹の犬が子鹿《こじか》を倒している図柄、と、これは確かに〈オデュッセイア〉に書いてある。

——しかし、なあ——

三千年も昔の吟遊詩人が口ずさんだ歌の中に、たまたま記されている図柄が出土したからといって、それが証拠になるものかどうか。むしろだれかが〈オデュッセイア〉の記述にそって留め金を造り、だれかの墓に埋めたのではあるまいか。ギリシャでは三、四千年の時間を越えて、いろいろな夢が飛びかっているようだ。

ディオニュソスの子分サテュロス

一九九八年、イタリア南部シチリア島沖の海底から一体のブロンズ像が発見された。両手と右足が欠けたこの像は、酒に酔いしれ舞い踊るサテュロスを表現したもので、〈踊るサテュロス〉として愛知万博にて公開され話題になった。

そのサテュロスは快楽を好み、さながら野獣のように行動する山野の精。同じ山野の精にシレノスがいて、これと混同されることも多いが、サテュロスは若く、山羊《やぎ》に似ている。シレノスは年老いた風貌《ふうぼう》で、馬の特徴を備えているのが通例だ。

どちらもギリシャ神話の有力な神ディオニュソスの従者であり、ディオニュソスはローマではバッカスと言い、酒の神であり、山野を支配する野性的な神なのだから、この従者たちもおおいに野性的であり、酒を好み、淫《みだ》らでさえある。酒を飲んで踊り狂い、巨大なペニスを誇示し妖精《ようせい》や女たちと戯《たわむ》れる。体の一部が山羊であったり、馬であったり、これは特異な能力を象徴しているが、私見を述べれば、どこかに獣姦《じゅうかん》の気配を漂わせているのではあるまいか。

人間が山野で野獣たちとともに暮らしていた時代を考えれば、こうした精の存在も、その特徴も一つのイマジネーションとして充分にありえたわけである。

だが、実際のところギリシャ神話はサテュロスについてはほとんどなんのエピソードも残していない。むしろ絵画として山羊の角と山羊の蹄《ひづめ》を備えて、淫らに踊っている姿が多く伝えられている。

だからサテュロスについて考えるときは、その親分格のディオニュソスに触れなければなるまい。

ディオニュソスはギリシャ神話の有力な神であるにもかかわらず、オリンポスの十二神、つまりギリシャ神話の中核をなす神々の中に名を連ねていない。ギリシャ神話は時代の推移とともに中身をふくらませて成立した物語群であり、ディオニュソスは、おそらく、その早い時代には参加していない神だったろう。だからこそ十二神に加えられなかった。ギリシャ世界が（歴史にはっきりとその痕跡《こんせき》があるように）半島の中心部からどんどん広がって奥地に入り、海を越えて未開の地方に及ぶにつれ、そういう未開の国の神々もギリシャ神話に加えられるようになった。その代表格がディオニュソスであったろう。

本来、ギリシャ神話の神は理性的で、洗練されていた。芸術の神アポロンに代表されるように調和を好み、優美であることを基本としていた。しかし、人間には酒に酔って理性を失い、忘我の境地に入って淫らに戯れたい欲望もある。それを誘う神事もある。このあたりを……それが未開社会で多く見聞されるものであるだけに、野性の神ディオニュソスが担当したわけである。

十九世紀ドイツの哲学者ニーチェが〈悲劇の誕生〉の中で、アポロン的芸術とディオニュソス的芸術の区分を示したのは、まさにこのことに由来している。理性的に調和や均整を求める芸術に対し、形式を破壊し陶酔と激情に浸る芸術もある、というわけだ。

たったいま述べたようにギリシャ神話は……それを包括するギリシャの文化精神は、理性的であり論理的であり、神話においてさえ、

——なるほどなあ——

と明確な寓意《ぐうい》が含まれている。納得できる理屈で貫かれている。

たとえば有名なパンドラの壺《つぼ》のエピソードでは、開けてはいけないと命じられていた壺をついつい開けてしまう。そのとたん戦争、憎しみ、病気、災害、嫉妬《しっと》、ありとあらゆる悪が壺から飛び出しこの世界に散ってしまう。それまで安寧に暮らしていた人間たちがこうして諸悪にさいなまれるようになってしまう。これだけでもおもしろ

いストーリーだが、この先に、さらに、あわてて壺の蓋《ふた》を閉じたところ、かろうじて壺の底に一つのものが残った。それが希望であった、と続くのである。これゆえに人間はどんな不幸にさいなまれても希望だけは持ちうるのだ、となって、

——なるほどなあ——

に落ち着くわけである。ギリシャ神話ではこんなふうにストーンと納得させられることが多い。

しかし、そればかりが人間の本質ではない。わけのわからない衝動や淫らなふるまいも人間の本性に属するものだ。そのあたりをワインの酔いとともに担当するのがディオニュソスの立場であり、そのかたわらで、

「結構、結構、その調子」

野性をむき出しにして騒ぎ狂う、それがサテュロスである。

一方でビーナスの美しい、調和そのものを示す裸形を造りながら、もう一方で充分に淫らで紳士淑女が眉《まゆ》をひそめるサテュロスが踊っていることが、ギリシャ神話の多様性であり、人間的な深さである。

ミケーネ王宮の悲劇

トロイ戦争のエピソードは多岐にわたっている。ギリシャきっての美女ヘレネをトロイの王子パリスが略奪したことが原因となってトロイ戦争が勃発《ぼっぱつ》、十年の長い戦いのすえ木馬の計略によりトロイ城が陥落する、というのがおおよそのストーリーだが、その中にいくつもの出来事が含まれ、それぞれの出来事についてそれをもたらした事情が伏在し、後日談があり、登場人物も多数かかわって、それぞれがユニークなエピソードを背負っている。加えてストーリーの伝承には、いくつもの差異があり変更があり、一様ではない。微妙に異なっているケースが多い。

トロイはひとつの王国であったが、ギリシャ側は都市国家（ポリス）つまりひとつの都市がひとつの国家であるような小国の連合体であり、当時一番繁栄していた都市国家ミケーネの王アガメムノンがギリシャ連合軍の総大将であった。アガメムノンの弟がスパルタ王のメネラオス、このメネラオスの妃《きさき》がパリスに奪われたヘレネである。だから妻を奪われた男が兄に泣きつき、トロイ戦争が始まった、と言えなくもない。

アガメムノンは勝利したギリシャ軍の総大将だから英雄には違いないけれど、人柄的には少し怪しいところがなきにしもあらず。利己的で権勢欲が強く、あざとい企《たくら》みと無縁ではなかった。

このアガメムノンの妃がクリュタイムネストラ。実は、このクリュタイムネストラは、ほかの男と結婚して幸福に暮らしていたのに、アガメムノンが、

「あの女がほしい」

と、夫を殺して自分の妻としたのである。これが第一の問題点だ。

アガメムノンとクリュタイムネストラの夫婦には数人の子があったが、ここではイピゲネイア、エレクトラ、オレステスの三人を挙げておこう。イピゲネイアは母クリュタイムネストラがとてもかわいがっていた娘で、一説では先夫の子、つまりクリュタイムネストラがアガメムノンに奪われたとき、すでに懐妊しており、クリュタイムネストラはやむなくアガメムノンを欺《あざむ》いて娘を生み、欺いて育てた、とも言われている。

ギリシャ連合軍がトロイへ出陣のため、アウリスの港にたくさんの船をそろえて待機しているとき、いっこうによい風が吹いてくれない。風がなければ船出は叶《かな》わない。予言者カルカスによれば、

「これは女神アルテミスの怒りですぞ。いけにえを捧《ささ》げなければなりません」

特上のいけにえが必要となり、アガメムノンは故国ミケーネにいる娘イピゲネイアを、

「アキレウスとの婚約が成立したぞ」

と嘘《うそ》をついてアウリスに呼び寄せ、火に焼く。最後の瞬間に女神が現れ、あわれに思ってイピゲネイアを救って異国に逃がした、という異説もあるが、とにかくこの仕打ちはイピゲネイアをかわいがっていた母クリュタイムネストラの恨みを深くした。イピゲネイアが、いとしい先夫の子であったなら、この恨みはさらに深い。アガメムノンは妃の秘密を素知らぬ顔でながめ、懲《こ》らしめのチャンスを狙《ねら》っていたのかもしれない。ならば、これもまたむごい。これが第二の問題点だ。

この件ではイピゲネイアを呼ぶための、だしに使われたアキレウスが不快感を抱き、アガメムノンとの対立が始まる。

十年間の戦いに勝ったアガメムノンは、トロイの王女カッサンドラを愛妾《あいしょう》にして意気揚々と凱旋《がいせん》して来るが、これが妃のクリュタイムネストラにとって楽しいはずがない。十年もの長いあいだ王のいない国を守ってずいぶんと苦しい思いを味わっていたのだ。彼女の補佐役を務めたアイギストスと通じあっていたのは、孤閨《こけい》の寂しさを勘

案すれば仕方のないことだったのか、それとも人倫にもとることだったのか、見方は分かれるとしても、この情況では夫の帰還を歓迎するわけにはいかない。これが第三の問題点だ。

かくて第一から第三の問題点を並べてみれば、王妃クリュタイムネストラの採るべき方法はおのずと察しがつく。アガメムノンを殺すよりほかにない。クリュタイムネストラはアイギストスと謀《はか》って凱旋した夫を浴室に導いて殺害する。実行犯はアイギストスのほうであった、というのが定説だ。

このあとクリュタイムネストラがミケーネの女王となるが、ふたりの子ども、すなわちエレクトラとオレステスの心中は安らかではない。姉弟は父王を敬愛していたし、母のやったことは道義に反している。しかし、すぐに反抗したら逆に罰せられるだろう。権力は今、母のほうにあるのだから。

オレステスは乳母に助けられ、いち早く国外に逃れた。エレクトラは幽閉され、一説では狂気を装《よそお》って、成長した弟が復讐《ふくしゅう》のため帰って来るのを待ち続ける。

そして数年後、弟は密《ひそ》かに戻って来る。そして姉弟は実母とアイギストスを討つ。姉弟にとっては父の復讐のため母を殺す、という忌《いま》わしい決断であった。

因《ちな》みに言えば、アガメムノンの属するアトレウス一族は血塗られた家系、なぜか殺伐とした事件が多い。アガメムノンの父アトレウスは弟を憎み、弟の子等を殺して煮込み、弟に食べさせた、とか。あまりの残酷さに太陽が来た道を戻って東に沈んだ、というエピソードが残されている。アガメムノンが妃に殺され、その妃がみずからの子等に殺される、という一連の出来事も、呪《のろ》われた血筋にからむ宿命的な事件と見ることができる。

トロイ戦争の後日談としては、ギリシャ側の武将オデュッセウスが故国イタケへと帰るエピソードがよく知られている。紀元前九世紀ごろの吟遊詩人ホメロスが詠《うた》ったふたつの叙事詩〈イリアス〉と〈オデュッセイア〉は人類の誇るべき古典だが、前者はトロイ戦争の十年間を伝え、後者はオデュッセウスの帰還を……海神ポセイドンの怒りなどもあって十年をかけて帰国するのだが、その苦しみを描いている。

ようやく故国にたどりついたオデュッセウスは、

「さあ、お前たちの王オデュッセウスが帰って来たぞ」

人々の前に姿を示して高らかに宣言する道を採らない。こそこそと隠れてわが家へ近づく。とりわけ妻に本性を明らかにせず、様子をうかがっている。

これはすでにオデュッセウスが、アガメムノンの死をすでに情報として知っていたから。久しぶりに故国の土を踏む王は王妃に殺されるかもしれない、という不安を胸に抱いていたからしい。

アガメムノンが暗殺され、子どもたちが復讐を敢行した事件は、トロイ戦争に関する有名なエピソードなので、いろいろな作家がこれを扱っている。ただ、先にも述べたようにストーリーの展開や人間関係には差異がたくさんあって、どれが正しいとは言いきれない。それぞれの作家が自分のモチーフに従ってバリエーションを創《つく》っている。もっとも有名なのは古代ギリシャの悲劇作家ソフォクレスの〈エレクトラ〉であろうか。

R・シュトラウスのオペラ〈エレクトラ〉はソフォクレスの〈エレクトラ〉を基にしているが、ここには脇役《わきやく》としてエレクトラの妹クリュソテミスが登場し、全体として母とその情人に虐待《ぎやくたい》された娘の復讐談の色あいが深い。同じテーマを扱ったギリシャ悲劇でもアイスキュロスの〈供養《くよう》する女たち〉やエウリピデスの〈エレクトラ〉は基調となるモチーフが異なっている。長い、長い歳月を越え、二十世紀の異才J－P・サルトルも〈蝿《はえ》〉を書き、ここではエレクトラとオレステスの関係が微妙に変わり、そこにサルトルの趣向がこめられている。

神々の海と島

ギリシャの海に散る島々は、どれもみな美しいけれど、サントリーニ島は際立《きわだ》って趣が深い。

充分に古い時代に栄えた島であったけれど、紀元前一五〇〇年頃に大爆発を起こし、三日月型の本島と、いくつかの細かい島を周辺の海に残した。切り立った崖《がけ》、へばりつくように建つ白い小さな家々、青い海とのコントラストが美しく、まことに、まことにただごとではない。

細い路地にそって、レストラン、アトリエ、みやげものを売る店が複雑にドアを連ねている。海を望むテーブルでビールを飲む、ワインを飲む。アトリエをのぞいて、うまいのか下手なのかよくわからない絵をながめ、次いで、一～二坪ほどの店に踏み込む。しゃれた工芸品がさりげなく置いてある。観光地の店なのに、店員は軽く挨拶《あいさつ》をつぶやくくらい、押しつけがましく商品を勧めたりはしない。無愛想なのではなく、自由に選ばせてくれるのだ。こちらが問いかければ笑顔で答えてくれる。日本人には、この商法がうれしい。くつろげる。好みの品を心おきなく選択することができる。

紺青《こんじょう》の海に、さながら火の玉がジュッと音を上げるように落ちてゆく夕日は、島の西海岸からならどこでも見えるけれど、できれば北端のイアの町まで行ってながめたい。人影も少なく、目もくらむ絶景が、

――私一人のために広がっているんだ――

しみじみと実感されてしまう。

ギリシャの島々は、ほとんどがアテネの空港を起点にして飛んで行く。ミコノス島に飛び、はしけでデロス島に上陸すれば、ここは住む人もない神域。大理石のライオンが迎え、標高一一三メートルのキントス山頂は三六〇度の展望でエーゲ海を示してくれる。そして、もうひとつ、エーゲ海ばかりではなくペロポネソス半島の西側のイオニア海もみごとだ。繁栄したベネチアの影響を受け、今は雅《みや》びと鄙《ひな》びと、二つの気配を美しい青の中に漂わせている。ああ、本当に、ギリシャの島々を語っていたら何ページあればよいのだろうか。

ホメロスも驚く大きなスケール――映画〈トロイ〉を見て

何百人もの兵士がスクリーンに登場して戦う。干戈《かんか》の響きがかまびすしい。すさまじい人海作戦だ。一転、戦を終えて夜が来て、死者を焼く火が赤く燃えて立つ。古風な詠唱が静かに流れて、つきづきしい。海が映れば幾百の船。陸が映れば峨々《がが》たる城《じょう》塞《さい》。スケールの大きい画面は見ているだけで心が躍る。

今日、実際にトロイの遺跡を訪ねると、五百メートル四方くらいの廃墟《はいきょ》で、

「意外と小さいんだ」

と驚かされるけれど、うって変わって映画〈トロイ〉（ワーナー・ブラザース作）の大きさは、それだけでエンターテインメントの資格が充分だ。有名な木馬も、いかにもそれらしく、これも見どころの一つである。

トロイ戦争は実際にあった戦いと目されている。紀元前十三世紀ごろ。エーゲ海を挟んで対立したギリシャとトロイの覇権争いだったろう。

それを長大な叙事詩としてうたいあげたのがホメロス。作品は〈イリアス〉と呼ば

れ古典の代表格だ。映画〈トロイ〉は、これを原作として翻案されている。ホメロスの登場からしてが実際の戦争より四、五百年あとのこと。吟遊詩人はトロイに押し寄せたギリシャ軍について船の数にして千艘《そう》を越え、軍勢は十万人、と調子よくうたって、すでにして誇張があったにちがいない。映画となると、さらに、

「おい、おい、おい」

心配になるほど、規模が大きくなっているが、それは言うまい。原作の〈イリアス〉は、むしろ神々の物語であり、人間は神々の代理戦争をさせられている趣さえあるのだが〈トロイ〉では神の気配は極端に払拭《ふっしょく》されている。

意外に知られていないことだが〈イリアス〉には有名な木馬は登場しない。が、これなしではトロイ戦争にならないし、映画では当然ハイライトを浴びる。ストーリーの展開も、

「ここでアガメムノンが殺されちゃって、いいのかな」

と、気がかりなところもあるけれど、古典を越え、歴史を飛び、映画は、

「すごいねえ、おもしろいねえ」

観客を楽しませることが第一義だろう。その限りではみごとである。

一見してギリシャ方よりトロイ方のほうが、すばらしい。エリック・バナが演ずる

トロイ王子ヘクトル、ピーター・オトゥールのトロイ王、ともに胸を打つ。これに対し、ブライアン・コックスのアガメムノン、ブレンダン・グリーソンのメネラオス、ギリシャ方は明らかにわるいもんの設定であり、うまく演じている分だけ憎たらしい。勝ったギリシャより敗《ま》けたトロイのほうが凜々《りり》しく描かれるのは、ヨーロッパ文化に一貫して伏在する傾向だ。ただの判官贔屓《ほうがんびいき》を越え、滅びの美学、戦争の愚かさへの反省、女たちの哀歌など、いろいろなものを含み、それは映画〈トロイ〉にもよく反映されている。

おっと、忘れた。ブラッド・ピットの演ずるアキレウス。ギリシャ方に属するこの武将は〈イリアス〉の主人公であり、〈トロイ〉でも第一位の役どころ。私見を述べれば、

「かわいらしすぎるぞ」

猛勇をもって鳴るアキレウスにしては頼りなかった。

映画の終わり近く、一瞬、トロイの武将アエネイアスが映り、トロイの将来を委《ゆだ》ねられるが、これが流れ流れて古代ローマの建国へ。トロイ戦争はそれほど由緒《ゆいしょ》の深い伝説である。

トロイ戦争という物語群

もう少しくわしくトロイ戦争に触れておこう。

トロイ戦争は、かつてエーゲ海を挟んで東西に栄えた二つの勢力、ギリシャとトロイの戦争のことと、これはすでに述べた。紀元前十二〜十三世紀頃に実際に争いがあったらしいが、それ以上に、これが伝説として伝えられ〈イリアス〉〈オデュッセイア〉を始めとする多くの物語に結実したことが意味深い。

本来の戦争については、一回こっきりの戦いではなかったらしい。海上、陸上の支配をめぐる覇権の奪いあいであったろう、ギリシャ本土とその植民地の争いであったが同じ民族同士の戦いとは言えない部分もあったのではないか、などなどいろいろな推論がなされ、わからない部分が多い。今後もそう簡単に明らかになることはあるまい。

これに対し伝説のほうはまことに多彩である。多岐に分かれ一大叙事詩を構成している。その構造は、

「言ってみれば『忠臣蔵』のようなものですね」

本筋の周辺にいくつものエピソードがある。登場人物の一人一人が自分のストーリーを持っていて、それが滅法おもしろい。ちょうど〈忠臣蔵〉が浅野内匠頭《たくみのかみ》の仇《あだ》を忠臣たちが討つ、という本筋のほかに、大石内蔵助《くらのすけ》山科《やましな》の日々、堀部安兵衛高田馬場の仇討ち、赤垣源蔵徳利の別れ、大高源吾と俳句の関わり……虚実入り乱れて人間たちのストーリーを数々展開しているのとよく似ている。あえて言えば、トロイ戦争はもっと豊かで、寓意《ぐうい》性をはらんでいるようだ。

そもそもはギリシャ神話の大神ゼウスが、

「どうもこのごろ人口が増えて、よくない。削減のため大きな戦争を起こすか」

べらぼうのことを考え、神々の集まる結婚の祝宴に、争いの女神エリスだけが招かれないように仕向けた。この結婚の由来についてもおもしろいエピソードがあるのだが、それは措《お》くとして、シカトをされたエリスは、なにしろ争いごとの担当者だから、

——おもしろくないわねえ——

宴席に〝一番美しい女神へ〟と記した黄金のりんごを投げ込んだ。

「あら、私のためね」

「ばか言わないでよ。一番美しいのは私よ」

「こっちによこしなさいよ」

ヘラとアテネとアフロディテの三女神が争い、その判定を求められたのが羊飼いのパリス。実はこのパリス、トロイの第二王子なのだが、それがなんで羊飼いをしていたのか、これもまたべつのエピソード。女神たちは〝自分を一番に選んでくれたら〟と、それぞれ賄賂《わいろ》をちらつかせたが、パリスはアフロディテが示した「世界で一番美しい女をあなたにあげるわ」という条件にそそのかされたのかどうか、とにかくアフロディテを指さした。

こののちトロイの王子に復権したパリスは国王プリアモスの名代としてギリシャのスパルタを訪ね、この国の王メネラオスの妃《きさき》ヘレネを奪って逃亡。これがすなわち世界で一番美しい女だ。

「ヘレネを返せ」

「いや、返さん」

ここから大戦争が始まり、十年間続いて、まあ、ゼウスの人口削減計画は首尾よく完遂された、というわけ。

世界一の美女ヘレネのエピソードは大切だから一通り触れておくと、彼女は大神ゼウスとスパルタの王妃レダの娘。レダは白鳥の群がる泉での沐浴《もくよく》が大好きで、ヨーロ

ッパの絵画で白鳥と裸婦が描かれていれば九十九パーセントを越えて、

――レダだな――

と考えてまちがいない。お母さんも美しかったが娘は大神の血を受けて、さらに美しい。少女の頃から美貌《びぼう》の噂《うわさ》はギリシャ中に広まった。こうなると諸国の王子や勇者が求婚にうつつをぬかす。義父であるスパルタ王は（つまり本当の父親はゼウスなのだからレダの夫は義父となる）この美貌が将来災いとなるのを恐れ、公平な入札制度を設けた。希望者はだれでも申し込むがよい。全部がそろったところでヘレネが夫を決める。この選択をみんなが尊重し、後日これをみだす者が現れたら今回の求婚者は全員かならずその非行を罰するために協力しなければならない、と。テュンダレオスの掟《おきて》と呼ばれるものであり、結果、メネラオスが選ばれた。そのヘレネがパリスに奪われたのだから、掟により先に立候補した王子、勇者がみんなギリシャ軍として戦争に参加した、という事情である。

当時のギリシャは都市国家の集まりで、都市国家というのは一つ一つの都市がそれぞれ一国家を作り、その集合が同じ神をいただく民族ということでギリシャ連合となっていた。だから正確に言えば、トロイ戦争はギリシャ連合とトロイ王国の戦争である。

ギリシャ連合の総大将は、当時一番栄えていたミケーネの国王アガメムノン、彼は妃を奪われたメネラオスの兄にして強欲な権力主義者であった。

かくて戦争の火蓋《ひぶた》が切られ、ギリシャ方のヒーローはアキレウス、オデュッセウス、アガメムノン、メネラオス、パトロクロスの面々、トロイ方は国王プリアモスのもとに第一王子のヘクトル、第二王子のパリスなどが活躍する。ヒロインも華やかで、ヘレネはもちろんのこと、ヘクトルの妻アンドロマケは貞淑のためジレンマに陥る。神官の娘プリセウスはアガメムノンとアキレウスの諍《いさか》いの原因となる。ほかにアキレウスの母である女神テティスもいて〝この女神の子宮に宿る男子は必ず父親より優れた勇者となる〟という宿命を保持している。大神ゼウスはテティスに関心を抱いたが、なまじ子を作ると自分より強い息子が生まれて大神の座が危い。ゼウス自身、父親を倒して大神の座に就いた過去があるから、このラブ・コールは剣呑《けんのん》、剣呑。テティスを人間の男に譲り、かくて英雄アキレウスが生まれた、といういきさつだ。母となったテティスは嬰児《えいじ》アキレウスの両足首を握って不死の河につけ込んだが（この河の水に触ると不死身になる）足首だけは水に触れず、それがアキレウスの弱点となった。いわゆるアキレス腱《けん》の語源となるエピソードだ。

なにしろこの戦争には、神々があっちに加担し、こっちを贔屓《ひいき》し、入り乱れてややこしいのだが、確実に言えるのは、パリスに判定を迫った三女神は……アフロディテは当然パリスの味方でトロイ方、ヘラとアテネはあのときの恨みが忘れられず一貫してトロイを憎みギリシャ方である。

とはいえ先にも述べたように、これは本当の歴史ではない。完全なフィクションであり、その成立には紀元前八世紀頃に活躍したホメロスがおおいに関わっている。ホメロスはギリシャ世界を旅した吟遊詩人であり、それが後に記録され〈イリアス〉〈オデュッセイア〉となった。人類の誇る古典文学の代表である。

ホメロスが実在したのか、本当に一人だったのか、つまり複数の吟遊詩人の全体にホメロスの名が与えられたのではないか、あるいは〈イリアス〉はホメロスのものだが〈オデュッセイア〉はちがう、などなど諸説がある。

二つの古典以外にもこの戦争を歌った古典が散見され、さらに紀元前五世紀、いわゆるギリシャ悲劇の全盛時代にいくつかのバリエーションが創《つく》られ、その後のヨーロッパ文芸にもこのテーマはしきりに扱われている。昨今もJ・バートン等編の〈グリークス〉（劇書房より翻訳出版）が上梓《じょうし》され、日本でも蜷川幸雄《にながわゆきお》の手で上演され話題となった。つまり長い歴史の中でいろいろなトロイ戦争が語られており、また個々のエピソードもそれぞれ一編のフィクションとなって展開されている。映画ではワーナー映画〈トロイのヘレン〉（一九五五）がよく知られているが、〈トロイ〉がまた新しいストーリーを文芸史に刻んでくれるだろう。

スフィンクス再び

年を取ると頭の中の知識にも歴史があることに気づく。

――あの知識はいつごろ、どうして私の頭の中に入り込み、どんなふうに成長したのかなぁ――

という疑問であり、その追憶である。眠れない夜に布団《ふとん》の中で考える。そのうちに眠りがやってくる。私の催眠法のひとつである。

オイディプス王は、まさにこれである。一番最初はむしろフロイトの学説から……つまりエディプス(オイディプス)・コンプレックスからだったろう。高校の英語のテキストにフロイトの名があり〝フリュード〟と発音したら、

「フロイトを知らないのか」

と先生に言われ、くやしまぎれにフロイト入門のような本を読んだはずだ。さっぱりわからなかったけれど、エディプス・コンプレックスに行きあたり、

――俺は親父《おやじ》を憎み、お袋を愛しているかなぁ――

と考えたはずである。オイディプス王のストーリーは百科事典を引いて、このとき知ったのではあるまいか。

ドラマとしての〈オイディプス王〉を知ったのは……多分、昭和三十四年、東京大学のギリシャ悲劇研究会が日比谷野外音楽堂でこれを上演した。円形劇場ではないが、本格的なギリシャ劇。久世光彦《てるひこ》さんが門衛の役で出演し、ずっと後になってそのことを話しあったのは楽しかった。学生演劇であったが、なかなかのできばえ、と若い私は思った。ギリシャ演劇への憧憬《しょうけい》はあの頃から始まったはずである。

それからはテキストを何度か読み、さまざまな上演に接している。〈オイディプス王〉はストーリー性に富んだ、文字通りドラマチックな内容だが、古い時代の作品のつねとしてわからないところがないでもない。納得のいかない部分がある。

だれしもがよく首を傾《かし》げるのはスフィンクスの謎《なぞ》だ。ドラマの中では神官が、

「そのあなたには、カドモスが町に来て、かの非情の歌い女に捧《ささ》げていた貢物《みつぎもの》から私どもを解放して下された」

と告げているだけだが、これが一二七ページで触れたように「朝は四本足で、昼は二本足で、晩になると三本足で歩くものは何か」という女怪スフィンクスの謎かけであり、答えられないときはテーバイの市民は貢物として餌食《えじき》にされていたのだ。それ

をオイディプスが「人間だ」と答えて救った、という事情。人間が解けないはずの謎を解かれたスフィンクスは驚き、身を投げて死んだ、とされている。

――それほどむずかしい謎だろうか――

スフィンクスは死ぬこともなかったろうに。

数年前、私は学生たちとブレイン・ストーミングをやったことがある。なんでもいいから、この件について考えを言ってみろ、と。

「四本足は獣であり、それが進化して二本足の人間になり、理性を持ちます。三本足は、あの世の存在ですね」

「どこに三本足がはえて、なんのためかな?」

「そこまではわからない。でも、あの世が存在して、その一部を見抜かれたんじゃ、やっぱりスフィンクスは驚くでしょう。人間が知ることのできない世界ですから」

「なるほど」

べつな学生は、これと似ているが少し違って、

「弁証法じゃないんですか。四つ足の獣と二本足のホモサピエンス。二つが止揚されて三本足になる。哲学の基本だし、この世の哲理かもしれない。それを人間に指摘さ

れたんじゃ、全知全能のスフィンクスとしてはつらいでしょう」

「古代ギリシャ人は、そういう論理が好きだったろうけどなぁ」

いろいろな推論がありえそうだ。まあ、一般にはオイディプスが自分の運命を自覚していた、ということ。山中に捨てられ獣同然の生き物となるところを拾われて、理性ある人間となり、ヒーローとなるが、それもやはり神の摂理により盲目の三本足となってしまう。自分自身の運命を知る者に対しては女怪もたちうちできないという解釈がつけられている。いずれにせよ子どものなぞなぞ遊びとは少し異なるものと考えたほうがドラマは深くなる。

話を移し、ギリシャ古典劇の常識ではアイスキュロスが歌と踊りの催し物を発展させて演劇の原型を創《つく》り、ソフォクレスがそれをさらに昇華させて完成に近づけ、エウリピデスが人間の情念をいれて、その後の演劇に通ずる大切なサムシングを注入したとか。三大悲劇詩人のあらましだ。そして、ソフォクレスの代表作〈オイディプス王〉はもっとも完成に近づいたもの、ギリシャ古典劇の代表でもあると評されている。人間の運命を語り、神の意志を伝え、ひいては世界の寓意《ぐうい》を説く、古代ギリシャの精華がここに示されている。

III

大人の羅針盤――アトーダ式日々是好日《これこうじつ》

㊄ボードを掲げるより

佐々木邦（一八八三～一九六四）という作家がいた。いっときはおおいに人気を集めたユーモア作家だったからご記憶のかたもおられるだろう。

私は、少年のころ、この作家の〈珍太郎日記〉を愛読した。珍太郎は東京・山手に育つ、ちょっとませた少年で、その見聞がおもしろおかしく記されている。私は今でもこの小説のところどころを懐《なつか》しく思い出す。

その一つ。珍太郎の家の近くに陸軍中将だったか少将だったか、とにかく偉い軍人がいて毎朝馬に乗って出て行く。

ある朝、その馬が珍太郎の家の前の道に静止して、ポトン、ポトン、汚物を落として行った。さて、どうしたものか、珍太郎は考える。向かい家と比べて汚物はセンタ

ー・ラインより少し珍太郎の家のほうに近く落ちている。公共の道路とはいえ、

——これはわが家の領域に落とされたものではあるまいか——

熟慮のすえ珍太郎はこれをかたづけ、後刻、中将（あるいは少将）の家から感謝の言葉をいただく。

かたづけたくはないのだが良識としてやっぱりかたづけねばならない、と論理的に、論理的に推論していく珍太郎の思案がおかしかった。

お話変わって、昨今悩まされるのは、犬たちが道路に残す堆積物《たいせきぶつ》である。散歩の途中のしわざであり、飼い主の不心得を表わしていることは疑いない。わが家の玄関先にあると、真実、腹が立つ。

〝飼い主がおかたづけください〟などというボードをよく見かけるが、それをやるくらいなら、ご自身がかたづけたらいかがだろう。腹立ちはよくわかるし、わるいのはだれか明白ではあるけれど、苦情をあらわにするより、率先して対処したほうが、ずっとよいケースも多い。

㊌父の処世術

十六歳で父を亡《な》くした私は結婚して妻の父を知り、人生についていくつかの示唆《しさ》を受けたのは好運であった。

妻の父はまぎれもない身うちであり、身うちをほめるのは社会通念上、遠慮すべきことなのだろうけれど、実父でないことに鑑《かんが》み、お許しいただきたい。

義父は社会的には一企業の役員を務めて生涯を終える程度の経歴であったが、人間的には誠実で、すこぶる有能な人であった。いろいろな場面において判断は的確であり、舌を巻くほどみごとであった。名のある経営者の懐《ふところ》刀《がたな》として重用されたという噂《うわさ》も充分に頷《うなず》ける。自分の立身出世には関心が薄かったろう。

義父の死後、私は困った事態に直面すると、

――義父だったら、どう対処したかなあ――

と想像し、右へ行くか、左を採るかを決め、おおむねよい結果をえたように思う。

おもしろい言葉がいくつか残されていて、

〝狭い道譲れ、広い道急げ〟

ぎすぎすと争う必要はない。そのぶんは広い道に出たときに急いで取り戻せばよいという処世訓である。

文学にはほとんど関心のない人であったが、私の直木賞受賞作〈ナポレオン狂〉だけは目を通したらしかった。この作品の冒頭には〝狂気と正常とは、ある明確な一線を境にしてキッカリと左右に峻別《しゅんべつ》されるものではあるまい〟と記して、私たちの周辺に曖昧《あいまい》な人格の少なくないことを説いているのだが、義父の読後感は、

「世の中にはナポレオン狂が多くて困る」

だった。

仕事をやるときには、

「すばやく、公平に。逃げてはいけない」

私がこれを遵守《じゅんしゅ》しているかどうかはともかく、あらまほしい教訓として心に抱いているのは本当である。

㊀長いスピーチ

過日、結婚披露宴に出席した。ご両家とも法曹界にゆかりのある家柄で、参会者に

は判事や弁護士が多かった。

スピーチが始まると、長いこと、長いこと、

——なるほど、日本の裁判は長くかかるわけだ——

と思わないでもなかった。

このときに限らず、私はスピーチについて、よく思うのだが、おそらく司会者は、

「三分でお願いします」

くらいのことは言っているだろう。言われなくても情況から判断して、おおむねそのくらいの時間と考えるべきケースが多いだろう。にもかかわらず（私はひそかに計ったことがあるのだが）三分で収まることはめったにない。

話を先の披露宴に戻し、新婦の友人がスピーチに立った。学生時代にこのスピーカー嬢が友人とのトラブルにまきこまれ、新婦に相談したことがあったとか。スピーカー嬢は相手がどれほど不当であったかを訴えた。それに対し新婦は親切に耳を傾け、優しく慰めてくれたが、最後にひとこと、

「むこうの言いぶんも聞いてみなければねぇ」

スピーカー嬢は、

——さすがに裁判官の娘さん——

と納得した、と語った。

情景が浮かんでくるような楽しい話だった。

だれかから嘆き節を聞かされ、切実に訴えられると、

「そうよ、そうなのよね」

と同情し、すっかり味方になってしまうことは日常によくあるけれど、暖かい思いやりとはべつに、そこにはつねに「むこうの言いぶんも聞いてみなければねぇ」という視点もあってよいはずだ。

むこうの言いぶんを聞くのは手間ひまのかかることであり、裁判官はそれを生業《なりわい》としているのだから、日常のスピーチもいきおい長くなるのかもしれないと思った。

偲《しの》ばれるしなやかさ

日本点字図書館の創設者・本間一夫さんについて、私は多くを知る者ではない。

本間さんは幼いときに失明し、点字図書にめぐりあい、

――世の中にこんなすばらしいものがあるのか――

視覚障害者にとって絶対必要なものだ。私財を投じ生涯をかけて、この方面の福祉

事業に貢献した。いくつもの褒章《ほうしょう》を受けておられるが、本間さんの事績については私なんかよりつまびらかなかたがたくさんいるだろう。

だが、そんな私でも、すばらしい人柄と問われたら、まっ先に本間さんの名を思い出してしまう。

とにかく、おおらかで、ゆったり。どことなくほほえましい。お会いしているだけでこっちが豊かになれる。同時にしなやかな力強さも備えておられた。優しい頑固さとでも言えばよいのだろうか。

一番すばらしいのは、本間さんに対していると、わけもなく、

――このかたに協力したい。福祉に関心を持ちたい――

そんな気分になってしまうことだ。いささかも強制されるわけではないのに、進んでそうなってしまうのだ。人柄のよさを言う所以《ゆえん》である。福祉事業を進める立場にとって、これがすばらしい資質であることは論をまたない。

言いにくいことだが、福祉事業の現場では、

「あなた、福祉のためなんだから協力して当然でしょ」

福祉の御旗《みはた》をちらつかせるケースがないでもない。時おりそれを感じてしまう。本間さんには、これがなかった。いつも感謝、感謝、それがまっすぐに周囲に伝わって

来て、

——やっぱり、この人のために頑張らなくちゃあ——

となってしまう。もうその本間さんもいない。日本点字図書館を中心に、あらたに本間一夫文化賞が設けられ、長くその功績が偲ばれるだろうけれど。

㊃褒めるエネルギー

早稲田大学で一年間、客員として教鞭《きょうべん》をとったときのこと、事務かたから、

「出席を取りますか」

と尋ねられ、

「うーん」

私としては試験なりリポートなりできちんとした結果を示してくれれば、いちいち学生たちの出席を確かめる必要はないように思ったが、

「まあ、取ってください」

むしろ試験やリポートで不充分な答を示した学生に対して、これだけ出席しているんだから、と救済の余地を残しておこうと一応チェックをすることにした。

一年間の講義を終え、予定通りリポートの内容だけで成績をつけたが、それとはべつに、皆出席の学生が何人かいた。

全部出席したからといってそれを成績に反映させるつもりはなかったが、これはこれでりっぱなことである。知らんぷりはつらい。一計を案じ成績とはべつに、私の著書を贈った。一文をそえ、

「これからの人生、どうか人を褒めることにも心を配ってください。今の世の中は、人を非難し批判することには熱心ですが、あなたは褒めることにもエネルギーを使ってください。ささいなことでも、よいことは評価してあげてください」

と私の願いであった。

五通ほどの礼状が返ってきて、それぞれに私の願いを理解した旨《むね》がしたためてある。

うれしかった。

と同時に、この先、この人たちが、それぞれの長い人生のどこかで、ささやかながらよいことに対してチョッピリ賞賛を示してくれるのではあるまいか。それがまた次々と広がっていくのではなかろうか。一つの流れが生じ、そのぶんだけ日本がよくなるのではなかろうか。

みなさんのだれかが、ある日、この流れに遭遇するかもしれませんよ、なんて私は

オプチミストなのである。

花の名前

　向田邦子さんの小説〈花の名前〉はタイトルがすばらしい。もちろん内容もよいのだが、タイトルに託されたサムシングが中身をよく反映して楽しいのである。

　一組の夫婦。結婚する前は男は花の名前を極端に知らなかった。女はそれを教え、そのことが結婚後も夫婦の心理的バランスに影響を与えている。つまり、文化的には妻のほうが夫より上位にある、という構造だ。妻はひそかに得意になっているが、いつのまにか、この構造が崩壊し、夫は浮気をしていながら、

　――それがどうした――

　という態度。かつて花の名前を逐一教えて優位に立った心理構造なんか、どこかへすっ飛んでしまう、というストーリー。夫婦の心理について目配りのよく利《き》いた好短編だ。

　そして例外はあるけれど、男たちはおおむね花の名前を知らない。私もそう多くは知らないし、以前はこの小説の主人公同様にまるで知らなかった。

花はきれいだと思う。この世のすばらしさを象徴する第一人者だと称してもよいと思う。なのに名前をよく知らない。

「愛していながら名前を知らないなんて最低じゃない」

と言われれば、その通り。花だから許されるけど、女性相手だったら絶対にペケ。

「本当は愛していないいんでしょう」

と言われても仕方ない。

十数年前、私はこの反省に立って〈花の図鑑〉という長編小説を書き、書きながら花の名前を学習した。ハイビスカス、黒百合《くろゆり》、かとれあ、梅もどき、ポインセチア、迎春花、花蘇芳《はなずおう》、ポピー、あじさい、のうぜんかずら、菊、ゆうな、シクラメン、各章のタイトルを花の名で飾った。そのほかの花々も登場させた。

しかし、もう忘れた名前も多い。春爛漫《らんまん》、もう一度覚えなおそうか。

㊍昼間の酒

四十代の終わりに土地を買いマイ・ホームを建てるため多額のローンを組んだ。二十年間にわたって毎月、相当な額を返さなければいけない。

借金を全額返済した日はさぞかし肩の荷がおりてスッキリするだろう。その日は朝《あさ》風呂《ぶろ》に入り、昼間のうちから酒でも飲んで、われとわが身に「ご苦労さん」と言ってやろう。あれこれと楽しいことを想像したが、ふと考えてみると、

――大変だなあ――

――そのとき、おれは七十歳目前なんだ――

四十代と同じ情況ではあるまい。心身とも弱り果て、とても昼間の酒なんか飲んでいられる状態ではないかもしれない。その可能性が高いぞ。

――おれの後半生は、ほとんど死ぬまでこの荷物を背負って行くんだな――

暗い気分にならないでもなかった。

年移り星流れ、その完済の日が近づいて来た。計算通り七十歳になろうとしている。今の気分としては特に昼間の酒を欲しくはないけれど、まずまず健康。四十代の元気はないが、暗い気分ではない。これはやっぱりうれしい。ラッキーですね。

昼間の酒と言えば、私はのんべえではあるけれど、昼間はほとんど飲まない。一日の仕事を終えて、ホッとした気分で飲みたいほうだ。

ただ一つ、例外的にうらやましいのが、そば屋のコップ酒。昼日中、老舗《しにせ》ののれんをくぐって入ってきた男が、ざるそばを注文し、それが来る前にコップ酒をクイと

ある。

——うまそうだな——

今までやったことがないけれど、完済の日にはこれをやろう。

㊈正しい美女の楽しみ方

電車に乗る。すいているときは、前に坐《すわ》っている人を観察する。美女を見ると、

——少しとくをしたな——

と思わないでもない。

美女というものは、身近で関わっていると、プライドが高かったり、わがままだったり、お金がかかったり、かならずしもいいことばかりではないけれど、電車の前の座席にいてくれるぶんにはまことに結構である。

——眼福というのは、まさにこういうことだな——

と古典的な日本語に思いを馳《は》せたりする。まことに安い楽しみである。

私は根が貧乏性だから、安くて楽しいことが好きである。たとえば銭湯。

「あーら、子どもを三人も連れてったら高いわよ」

という声もあろうけれど、値段のわりには風呂はすばらしい。首まで浸《つ》かって無制限にくつろいで四百円くらい。真実、心身がよい気持になる。欧米人はシャワーばかり使って、そりゃ、体はきれいになるかもしれないが、日本式の、

――極楽、極楽――

あの気分は味わえまい。

散歩もまた私の好むところで、これもお金がかからない。足のむくまま気のむくまま、好きなときに好きな方角へ歩いて行けばよい。あれこれ考えたり珍しいものを見つけたり、それよりもなによりも私はこの楽しみが、上達しなくてよいところが気に入っている。ゴルフも囲碁も、カラオケだって、うまくならないといけない。べつにだれかに強制されるわけではないけれどやっぱりうまくなりたい。ゴルフなんかは、このプレッシャーが非常に強い。だから私はとうにゴルフをあきらめてしまったが、わが愛する散歩には、これがない。

「あなた、散歩がうまいわ」

なんて、ほめられるところのないのが、うれしいのである。

㊊インフラって何だ

学生時代にマルクス経済学の本を少し読み、よくわからなかったけれど、下部構造、上部構造という言葉だけは記憶に残った。

下部構造というのは、社会の生産のありかたを言い、これが土台となるらしい。上部構造は、その上にあって、政治とか道徳とか芸術とかを言う。二つの関係は相当にややこしく、これが悩ましい。

専門家は怒るだろうけれど私は個人に置き換えて、

——つまり、お金と心のことだな——

と思わないでもなかった。

お金が下部構造で、これが土台となる。お金があれば、上部構造の心は豊かになるし、ゆとりも生ずる。どうやってお金を得ているか、それによってその人の心構えが変わってくる。サラリーマンにはサラリーマンの思想があり、農民には農民の心がある、というものだ。

と、以上はほんのジョーク、ジョーク、手前勝手な解釈だが、このごろインフラという言葉がはやっている。政治家や経営者がよく口にするのでインフレと関係があるのかと思ったらまるでちがう。

調べてみると、インフラはインフラストラクチャーの略。むかし懐《なつ》かしい下部構造のことではないか。発展途上国や開発を必要とする地域や企業に、

「まずインフラの整備だねえ」

とかなんとか、生産の基盤を整え、そのあと、そこにどういう制度を設けるか、どんな理念を培《つちか》うか、ふさわしい文化を起こすか、段階的に考えていく。そんなときによく使われるようだ。つまり下部構造を土台として上部構造を動かしていくわけだ。ちなみに言えば、上部構造のほうはスーパーストラクチャー。これを略してスーパーだけにすると、街の量販店になってしまい、困るんだなあ。インフラも略しちゃうと、かなりわかりにくい。

㊉八勝七敗の思想

作家の色川武大さんはペンネームを阿佐田哲也と称し、二つの名前を使い分けていた。前者はいわゆる純文学系、後者は麻雀《マージャン》小説。〝朝だ、徹夜〟のもじりであり、プ

ロの麻雀打ちであった時期もある。

阿佐田哲也は、私自身の名前と少し似ているので、私についても、

「麻雀、強いんでしょうね」

と、まちがわれもしたけれど、それはともかく色川さんは（阿佐田さんは、と言うべきかもしれないが）八勝七敗を人生訓としていた。何度かうかがったことがある。つまり、勝負ごとにおいて全勝を狙《ねら》うことは全敗にも通ずる。長いことやるならば（ましてそれを生業《なりわい》とするならば）八勝七敗でいい。九勝六敗なら御の字だ。わずかな勝ちを狙うほうが確実であり、結局、本当の勝利にもなる、という考え方である。この世を生きていくうえでも、同じことが言える、という意味を含んでいた。

――その通り――

と私も思うけれど、そこが凡夫のあさましさ、つい、つい大勝ちを狙って逆に負けてしまうのだ。

ところで本物の相撲についても、私は、

――全勝って、いいのかなあ――

と首を傾《かし》げてしまうほうだ。人間の力なんて、おおむね拮抗《きっこう》しているものだ。相撲のプロ同士で争って、そんなに差があっていいものか。昔は横綱大関の権威が絶大で、

戦う前からハンディキャップがあったらしいが、今は民主主義の時代である。対等の立場で戦っているはずだ。

ほかのスポーツでは完全なダントツはありえない。プロ野球なんか六割六、七分で優勝は確実。十勝五敗ではないか。だから私は相撲について十一勝四敗くらいの優勝でも、むしろ、

——まあ、いいか——

と安心してしまう。

㋔おれはどうかな

平成十四年からほぼ二年間文化庁文化審議会の委員を務め、国語分科会の審議に参加した。文部科学大臣の諮問《しもん》を受け、国語力の重要性と、それを高める方策を答申しなければいけない。国語力の重要性はほとんど自明だが、高める方策はそう簡単ではない。喧々囂々《けんけんごうごう》、一時は本当に、

——どうなることか——

と危ぶんだが、最後になんとかほどよい答申に達したのはうれしかった。

国語力の涵養《かんよう》には、なによりも読書が大切。けっして強制するのではなく〝みずから本に手を伸ばす子どもを育てる〟ことが答申の眼目の一つとなった。そのためには環境の充実が肝要となる。手を伸ばしたくなる本が身近に実在しなければ話にもならない。ずいぶん前から図書館の充実が叫ばれているが、なかなか実現しない。建物は、まあ、りっぱな図書館を見ないでもないが、本をそろえる予算が足りないらしい。それよりもっと大切なのは、有能な図書館専門職員の存在。〝みずから本に手を伸ばす子ども〟を育てられる人が少ないのだ。

私以外の委員は、ほとんどが国語教育の専門家、評論家、報道関係者などなどだから、会議では優れた意見が目白押し。もちろん敬聴していたけれど、小説家である私としては心中ひそかに、

——おれは議論をするより、むしろ〝子どもが手を伸ばしたくなる本〟を書くほうの立場なんだよな——

と落ち着かなかった。

お話変わって、国民年金を審議する国会で、年金に未加入や滞納の大臣・議員が大勢いて大騒ぎ。自分が審議する事柄について、

——おれ自身はどうかな——

少しも疑わないのは、政治家とは、われらしもじもとちがって、よっぽど忙しいのでしょうね、きっと。

㊉小説家の同級会

私だけの、個人的な感想かもしれないけれど、年を取ると急に学校時代の同級会が繁《しげ》くなる。私はいろんな学校に籍を置いたので、いきおいお誘いが多い。可能の限り出席するように努めている。昔の仲間に会うのは、わるいものではない。懐《なつ》かしさもあるけれど、十人集まれば、そこに十人分の人生があって、これを見とどけるのが小説家にとって役立つ。

——こいつは、ああいう性格だったから、こういう人生を歩んで、今、こんな心境に到達しているのか——

生きた実例が散っている。

もちろん同級会で二、三時間話したくらいで確かなことがわかるはずもない。相手の幼いときの性格、環境、その後の日々についても熟知しているわけではない。観測は大ざっぱで、的中していないことも多いのだろうが、そこはそれ小説家はそれでよい。

つまり、久しぶりに会ってあれこれ話しあい、それを素材に一つの人生ストーリーが私の頭に生まれれば、それでよろしい。これが第一義である。

それが彼の人生を正しく捕らえているかどうかは、むしろ二義的である。私が同級会で触発され、読者を納得させるにふさわしいストーリーを思いつき、そこにリアリティーのあることが大切なのだ。同級会の二、三時間で充分に足りる。

――なるほどねえ――

不充分でも想像が補ってくれるのだ。

近く中学校の同級会が催されるけれど、この学校は隣の席にあいまい屋の息子が坐《すわ》っているような環境だった。おおいに勉強になる。

結論は、いろんな生き方があるけれど、自分に向いた人生を見つけたやつが一番幸福なんだ、ということ。以上は小説家にだけ役立つ感想なのだろうか。

⊘国際英語税

海外旅行に出るたびに、

——英語がもっと自由に話せたらいいな——

と思う。思うけれども私の場合、後悔はない。

四十代に一度、本気で勉強してみようと考えた。しかし、どうせなにかを学ぶならば、

——私にはもっと大切な勉強があるはずだ——

小説家として学んでおきたいことが山ほどあった。こちらがより重要だと考えた。たまに行く海外では、その都度優秀な通訳の助けを借りればよい。この件は、きちんと考えてすでに決めたことだから、後悔は、まあ、ない。

だが、それはそれとして世界をながめると、英語をもともと話せる人は、なんと有利な立場だろうか。世界中ほとんどどこへ行っても英語で話してよろしい。英語が駄目ならほかも駄目、と考えてよい。

どんなに英語が達者な人でも、英語を母国語とする人にはかなわない。英語を母国語とする人が圧倒的にハッピーなのだ。今後ますますこの傾向は強まるだろう。優位性は政治、ビジネス、文化、あらゆる面で計り知れない。

そこで一案。英語を母国語とする民族は、国際社会に対して、この有利性にかんがみ一定の金額を支払うべきではないのか。国連の基金のようなものである。英語を母

国語とする人からは、

「そんなばかな」

という声が吐かれそうだが、私は、もし世界で自由に日本語が使えるならば、相当の税金を払ってもよいと真実思っている。どの道、べつな形で、言語的不利益を金銭的に補っているのだから、同じようなものだ。

二十一世紀には、こんな視点があってもよいのではないか、などと考える今日このごろでありまーす。

㊍日本ペンクラブから

日本ペンクラブという文化団体の専務理事を務めている。

昭和十年に設立され、初代の会長は島崎藤村。以来、正宗白鳥、川端康成、井上靖、遠藤周作、梅原猛などなどビッグ・ネームを会長にすえて、今は第十四代、井上ひさしさんが務めている。

表現の自由を標榜《ひょうぼう》し、平和の維持、文化交流や文学活動の推進、環境保護などにも貢献している。

国際文化の交流にも労力をさいているが、目下のところこれが少々悩ましい。国際ペンというグローバルな組織が上部にあって、日本ペンクラブもこれに所属しているが、ここではアメリカ・ペン（第一位）、USAペン・ウエスト（第三位）が会員数、資金提供などで圧倒的に力を揮《ふる》っている。不肖日本ペンクラブは第二位なのだが、歴史や言語の問題などもあって順位通りの立場にあるとは言いにくい。アメリカの二団体は協調して、なにかしら意図を抱いているらしい。二団体だけでも相当な国際活動が可能のはずだが、やっぱり、

――日本を加えたほうがいいぞ――

らしい。軍事力や経済力ではアメリカの優位は論をまたないが、文化の面でも独特なグローバリズムを布《し》きたいのではあるまいか。それが二団体だけの意図なのか、背後にもっと強い（アメリカ政府とかと関わった）計画があってのことなのか、きなくさいものを感じないでもない。

大義のある文化活動にもなにかヘンテコなものが隠されていないのか。アメリカの言う自由と平和は、つねに額面通り納得できるものとは言えない。過日私はアメリカ二団体の要請を受け、中間地ハワイに赴き、三者会談に臨んだが、前途は多難。まだまだ見えにくい問題があるような気がしてならない。

㊍おすそわけ

小耳に挟んだことなので正確ではないが、昭和天皇はウナギがお好きだったとか。そして、そのことをちょっとお漏らしになったところ全国津々浦々からウナギが献上されてきて、宮内庁は大困惑、

「陛下、そのようなことは、あまりおっしゃらないように」

と奏上したとか、しなかったとか……。ありそうな話ではある。

驥尾《きび》に付すのもおそれ多いけれど、私のようなものでもエッセイなどで好きな食べ物を記すと、わざわざ送ってくださるかたがいる。

ありがたい。ご奇特なかただなと、しみじみ思う。

思うけれども、正直なところ、うれしいとばかりは言いきれない。問題点はいろいろあるのだが（いただいておいて、あれこれほざくのはしたなく、失礼ではあるけれど）たいていは多過ぎる。家内と二人の生活で賞味するには土台無理がある。根が貧乏性なので、古くなっても捨てにくい。さりとて近所に〝おすそわけ〟をする適切な知人友人もいない。できることなら、

「少し。少しだけでお願いします」

と叫びたい。食べ物なんて若いうちはともかく、ある年齢を超えれば、好きなものをほんの少し食べるのがおいしい食べ方だ。

「もう少しあればいいのに」

と、この口惜しさが美味を増加させるのだ。

ところで、いま述べた〝おすそわけ〟、いい言葉ですね。昔は確かに実在していた。自分たちで賞味してよいものをちょっとだけ近しい人にさしあげる感覚。五つある林《りん》檎《ご》から二つを分けるくらい……。

話は唐突に変わるけれど、私、さくらんぼうが好きなんです。あれはたくさんを貪《むさぼ》り食うものではない。おすそわけなんかをいただくのがよろしいようで……。

⊘親友の研究

つい先日出版した小説で、〝学生の頃、彼とは週に二、三度は顔を合わせ行動をともにしていたが、仕事を持つようになると、そうはいかない。三カ月に一度でも会えばよいほうだ。男同士の交友には、ちょっとした中休みがある〟

と書いたところ読者から、

「こういう設定、好きなんですか。前にも一、二回書いていますね」

指摘された。

小説の本筋とは関わりのないことだから思い出しにくいけれど、きっと書いているだろう。好きというより、私の中に〝男同士の交友はそういうものだ〟という認識がある。つまり、まちがいなく親友同士と断言してよい間柄なのに、何カ月も会わない。話さえしない。そういう機会を作ろうともしない。

とりわけ二十代……。

――あいつもいそがしいんだ――

目下は女性関係に余暇をさいている。親友なんか、かまっていられない。だから便りのないのはよい便り。

――せいぜい頑張ってください――

なのであり、一件落着して会えば、たちまち親しい心を取り戻せる。これをおたがいに許容していることが、とりもなおさず親友なのだ。

ちがいますか。私は自分がそうだったから、小説の中に知らず知らずこれを反映させてしまう。

ところが今日このごろ、メール友だちなんてのがあって、やたらに伝言が入り（ほとんどが、つまらない用件）それに返信しないと、

「もう友だちじゃない」

になるんだとか。

友だちって、そんなに安っぽいものなのかなあ。三年、五年、十年、なんの連絡がなくとも、親友なら事情が推察できる。再会すれば、旧歓がたちまちあらたになる……。メル友なんて、くそくらえ、ですね。

㊷大いなる妄想

ギリシャからの風が吹いて来る。オリンピックがアテネで開催されたせいもあるのだろうか。あれ以来ギリシャに因《ちな》んだ企画に触れることが多い。

そしてギリシャと言えば、ほとんどが古代ギリシャ。知れば知るほど、

——すごかったなあ——

哲学、科学、文学、芸術、創造性において優れ、二千年を超えて古い文化とは信じられない。これに比べると現代のギリシャは、

――ちゃんと受け継いでいるのかなあ――

首が傾いてしまう。いや、いや、いや、今も充分に発展しているのだが、昔があんまりすごかったものだから、

――民族のあの創造性はどこへ行ったのか――

と訝《いぶか》ってしまう。当のギリシャ人に尋ねても、

「ホント。私たちにもよくわからんのです」

なのだ。古代ギリシャを敬愛する私としては長年思案をめぐらし、昨今、ある妄想に到達した。

――昔は多神教だったからなあ――

ギリシャ神話に見られる神々は自由で、人間的で、淫《みだ》らと言ってよいほど欲望をすなおに解放していた。それが一神教に変わって千数百年、現代のギリシャ人は百パーセント近くキリスト教徒だ。

キリスト教がわるい、と言うのではない。人類に冠たるりっぱな宗教だ。が、人間を自由に、奔放に、欲望を持つ存在として解放することには弱点がある。ルネッサンス運動は、文化の振り子がキリスト教により倫理的束縛のほうへ揺れ過ぎたのを〝古代ギリシャに返れ〟とばかりに揺れを戻したものだった。

ギリシャ神話の奔放さが古代ギリシャ文化の根源にあったのは疑いない。それが二千年を超えて希薄になり、現代のギリシャが昔のように弾まなくなった……と、何の学術的裏づけもなく私は考える。

㊥真・善・美は一つ

古代オリンピックは（競技者は男性ばかりだったけれど）全裸でおこなうのが原則であった。彫刻さながらに躍動する男性美を観衆がやんやとながめはやしていたらしい。

が、それはともかく、女性美のほうならば、紀元前四世紀ごろ、フリュネという美女が実在していた。あるとき罪に問われ、裁判にかけられたが、フリュネは法廷で、なんと！　衣裳《いしょう》を脱ぎ、全裸となって、

「さあ、見てください。私に罪がありますか」

と言ったかどうか、筆者は現場にいたわけではないから証言はできないけれど、そんな身ぶりを公然と示したらしい。裁判官たちはおおいに驚き、驚きながらも、

「なるほど、こんな美しい人に罪はない」

フリュネは無罪放免になったとか。

ご婦人がたとしては、

「厭《いや》らしいわね。裁判官はみんな男性なんでしょ。男たちがやりそうなことよ」

と眉《まゆ》をひそめるにちがいない。

だが、お立ちあい。この件についてほんの少し釈明をするならば、古代ギリシャ人は〝真・善・美は一つ〟という考えを持っていた。フリュネは美そのものだから善であり、真実は善であり、それは美にも通じている、ということですね。このエピソードは、むしろ一つの比喩《ひゆ》として伝説化されたのではないのか。史実ではあるまい。史実ではないけれど、絵画などにはいくつか描かれている。法廷で裸になっている女性のタブローがあれば、まずフリュネと考えてまちがいない。

フリュネは古代アテネの上流社会に実在した高級娼婦《しょうふ》の一人であり、実際に画家や彫刻家のモデルになっていた。往時を代表する彫刻家プラクシテレスが刻み、今はバチカン博物館に所蔵されている〝クニドスのアフロディテ〟はフリュネの裸形だとか。〝ミロのビーナス〟ほど有名ではないが、なかなかの造形である。

話をもとに戻して〝真・善・美は一つ〟かもしれないけれど、

「それって、きれいじゃないと、善でもなく、真実でもないってこと？　ひどいじゃないの」
わかります。

メキシコ国際ペン大会

二〇〇三年秋、国際ペンの世界大会がメキシコ・シティで催され、私は日本ペンクラブの代表として出席した。

メキシコ・シティの人口は周辺の地域を加えると優に一千数百万人を越え、東京より多いのは確実とか。街は込みあい、車の渋滞も激しい。治安は少し回復したらしいが、夜半を越えて響くマリアッチ（民族音楽）のにぎわいに観光客が加わってよいのかどうか、悩ましいところである。

それはともかく国際ペンの歴史は古く、一九二一年にロンドンで誕生し、初期のメンバーにはゴールズワージー、アナトール・フランス、ロマン・ロランなどの名が見えている。文学の国際交流と執筆の自由を標榜《ひょうぼう》するものであった。

一方、日本ペンクラブは一九三五年に島崎藤村会長のもとに創設され、現在は第十四代井上ひさし会長、二千人近い会員からなる文筆家のグループである。国際ペンの傘下《さんか》にあって世界各地に散る百四十ほどの団体と連携を取りあっている。国際ペンにとっても日本ペンクラブにとっても、二十世紀は波瀾《はらん》万丈の時代であった。東西対立の緩和につれ欧米のペンクラブ同士はサロン的気配を漂わせ始めているが、アジアの情況は依然として厳しい。日本ペンクラブに求められるものは大きい。

と、まあ、概略は以上の通りであり、初めて世界大会に出席する私の知識も、このレベルであったけれど、現場に足を踏み入れて第一の印象は、

――びっくりしたなあ。困ったなあ――

考えさせられることが多かった。

まず会長のオメロ・アリディス氏（メキシコの詩人）と事務局長テリー・カールボム氏（ノルウェー人）の仲が極端にわるい。この大会をもって会長職を去るアリディス氏が最後のスピーチで、

「私のこの六年間は屈辱の連続であった。ほとんどの決定を事務局長がおこない、金銭の使用も事務局長に厚く、私はすべて自費でまかなった」

という主旨の嘆き節を、当の事務局長の隣で発したのだから、ただごとではない。

カールボム氏は一見したところ上品沈着な紳士だが、やり手と言うのか、権謀術数

の使い手と言うのか、アメリカの二団体（東のアメリカ・ペンと西のＵＳＡペン・ウエストがある）と手を組んで国際ペンをほしいままに動かしている。大会の最後に新会長としてイジ・グルーサ氏（チェコ人）が決まったが、この選出にもアメリカの二団体と事務局長の意向が強く反映されており、

——これからも難儀なこっちゃなあ——

と私は首を傾《かし》げてしまった。

因《ちな》みに言えば、日本ペンクラブは国際ペンの分担金を（平たく言えば上納金を）アメリカ・ペンについで多く支出している。つまり第二位。お金は出すけれど発言権は乏しい、と、この情況は国連の延長線上にあると言って言えないこともない。私としては、

「日本ペンクラブは会員一人一人の会費を基として運営している団体です。はっきり言って貧乏です。過度の期待はかけないでほしい。国際ペンは予算を精査し、的確に、効率よく金銭が使われることを第一義としなくてはいけません。会計の透明性を示してほしい」

と訴えたが、会議場内の反応はともかく（あとで「よく言ってくれた」の声あり）議長を務めるカールボム氏からは慇懃《いんぎん》にして型通りの答が返って来るばかりだった。

情況はあまりよくない。それがなぜ是正されないのか。是正のきざしがまったく見えないわけではないけれど、アメリカの二団体の支援で、発展途上国などが二十人ほどの会員を集めてペンクラブを創《つく》り、これが会議上で一票の権利を持つ。こうしたペンクラブは、言っちゃあわるいがアメリカの顔色をうかがい、その意向に従う。日本ペンクラブも一票、あちらも一票なのだ。カールボム事務局長をよしとする二団体の真意がなへんにあるのか、アメリカのおぼしめし次第、これもまた、きょうびの国際会議と似通っている。アメリカのイニシアティブはつねによいとは……言えませんよね、皆さん。

メキシコはマヤ、アステカの文明を伝える宝庫である。国立人類学博物館は他の追随を許さない。ウシュマルやチチェン・イッツァのピラミッドは趣きが深い。城壁には古代人の意匠が偲《しの》ばれて楽しい。カンクーンはカリブ海に面した景勝の地。現下もっとも人気のある海浜リゾートの一つである。日本人の家族がチラリ、ホラリ。若い夫婦に小学生くらいの子どもが一人、二人。父は企業戦士だろうか。すてきな観光地での一家団欒《だんらん》は充分に楽しそうだが、

——大変だなあ——

異国での商戦に思いを馳《は》せずにはいられなかった。私もまた日程の後半を観光に費

しながら、ずっと国際会議のことを考えていた。

――アメリカ・ペンはなにを企てているのだろうか――

東西二団体が呼応して共通の戦略を抱いているように感じられた。文化的な戦略……。軍事力や経済力とはべつに文化の面でもアメリカ的グローバリズムを拡大しようとしているのではないのか。日本ペンの対応は？

日本に帰れば自衛隊のイラク派兵がかまびすしく、日本ペンクラブはこれには断固反対の立場です。

大渦の底を訪ねて

日本ペンクラブの理事会で「トロムゼへ行ってください」と言われ、

「なんですか、それ」

「国際ペンの総会です」

私は日本ペンクラブの専務理事を務めているから用向きは納得できたが、トロムゼがわからない。ノルウェーの北の都市らしい。家に帰って地図を調べて、ようやく発見した。北緯六九度。歴《れっき》とした北極圏だ。

が、よく見ると、トロムゼのすぐ下の海浜に赤鉛筆で薄く丸印がつけてある。私以外は使わない地図のはずなのに……。

——なんでかなあ——

思案のすえ思い出した。アラン・ポーの名作〈メエルストルムの渦〉の舞台がこのあたり。以前に地図で捜し、印を付けておいたらしい。

ポーの作品についてはご存知のかたも多いだろう。漁師が小舟で海に出て、とてつもない大渦に巻き込まれる。直径一マイル以上。四五度の漏斗《じょうご》の底へ回転しながら少しずつ落ちていく。その恐怖。その美しさ。ポーはみごとに描きあげている。しかし、

——嘘《うそ》だよなあ——

文中に〝北緯六十八度、広いノルドランド州の、さびしいロフォーデンの地方〟(谷崎精二訳)とあるので、私は地図で一応確かめてみたのだった。

ポーがこの地を訪ねたはずはない。イマジネーションを駆使して途方もない嘘をつくにあたり、

——このへんなら、だれも知らんだろう——

と北の海を見つくろって採用したにちがいない。まさか私がそんなところへ行くことになろうとは、全く思ってもいなかった。

コペンハーゲン、オスロを経由して二十余時間。

「はるばるきたぜ、トロムゼへ」

と北島三郎の歌よろしく訪ねた町は、人口約六万、ノルウェー海の港町として小ぢんまりと繁栄していた。町並みは整い、凛《りん》とした清潔感がある。微生物学的に考えても寒いところの方が衛生的だろう。付近の山々は、これはもう見るだけで寒そうに凍

りついている。

九月なかば。昼はそれほどでもないが、夜は真実冷たい。風に吹かれると、コートを着ていても、

——死ぬぞ——

実感がこみ上げてくる。

この町の名所でもある北極教会へ行ってサーミ人の音楽を聴いた。サーミ人は北方の原住民で、現在は差別を受けることもなく誇り高く市民生活に溶け込んでいる。音楽は独特の弦楽器、打楽器、尺八そっくりの管楽器を奏《かな》でて力強さと哀感とを兼ね備えている。歌う歌は高く、細く、

——喉《のど》がこわれそう——

でも、けっしてこわれることもなくみごとに詠じて感動的だ。わけもなく北の海にふさわしいと思った。

この地方の地図を見ると北極をまん中にすえて、日本は右端で傾いている。

——カナダとノルウェーはこんなに近いんだ——

見慣れない地形が見えてくる。サーミ人は、このあたりの海に太古より点在してユ

ニークな文化を育《はぐく》んだにちがいない。私が聴いた音楽は、いくぶん現代化されていたけれど、アラスカのイヌイットなどの旋律に通じているように思った。

会議のスケジュールがたて込んでいるので大がかりな観光はむつかしい。せいぜい市内の博物館や水族館に赴いてアムンゼンの探検や白熊《しろくま》、アザラシの生態を知るくらい。それでも新しい知識をえて世界が少し広がったようだ。

新しい知識といえば、会議場で、アフリカーンスという言語の存在を知り、

――アフリカの黒人たちの言語かな――

と想像したが、大ちがい。南アフリカ共和国の白人たちの言語で、オランダ語に英語をまぜたようなもの。これを話す人たちを、一グループとして国際ペンの会員とすることが申請されたが、人種差別をうながすおそれがある、ということで見送り。

本当に世界は広い。いろいろな民族が、それぞれの文化、それぞれの問題を抱えて暮らしている。

失恋と黄葉と堀辰雄

軽井沢と言われて思い出すことが二つある。

一つは実際に訪ねた軽井沢だ。昭和三十年代。私はサラリーマンになったばかりで、確か失恋をしていた。わりとよくあることだったから記憶がこんがらがってしまうのだが、このときはまちがいない。軽井沢にゆかりのある友人から〝モミジヨシ、スグコイ〟という電報が入り……電報だなんて、これ自体、昭和初期風の趣があるけれど、独りアパートで膝《ひざ》を抱えて暮らしている私には電話の便がなかったから仕方ない。誘われるままに初めて軽井沢を踏んだ。

友人には私の失恋を慰めようという意図が……というより失恋と軽井沢を結びつけ、私の生涯に記憶を残してやれ、と、そんな意図があったのではないのか、秋の軽井沢は失恋によく似合う、と、私は友人の思惑通り今でも頑《かたく》なに信じている。

季節外れの軽井沢は人影も乏しく、しっとりと静まりかえっていた。まだ旧軽井沢の駅舎の跡が残っていたような気がするけれど、これは記憶ちがいかもしれない。一歩道を入ると、黄葉したから松が密生して、湿った空気の中で本当に周囲が匂《にお》い立っていた。目に染《し》み込んでくる黄色の中に、ところどころ緑と赤の色が散って、その混ざりぐあいが絶妙な模様を創《つく》っていた。落ち葉を踏みしめると、快いクッションとなる。七十年近く生きてきて、国の内外を問わず、あれほど心に染みる風景をほかにほとんど知らない。

もう一つ思い出すのは堀辰雄の文学である。軽井沢を書いた作家はほかにもたくさんいるけれど、私にとってはわけもなく堀辰雄なのだ。学生時代に芥川龍之介を愛読し、文学道の先輩が、

「芥川が好きなら堀辰雄も好きだろう。君は肺結核もやっているんだし」

と、いま考えると目茶苦茶に近い勧告を垂れてくれるものだから、いくつか読んでみたけれど、

——ちがうなあ——

好きにはなれなかった。当時の私は（今でもその傾向を残しているけれど）ストーリー性の濃い小説を好んでいたので、堀辰雄の文学はいまいち入り込めなかったのである。〈かげろふの日記〉や〈姨捨《おばすて》〉は芥川がやったと同じように古典文学の翻案かと思って期待したが、これもちがった。ナンジャラホイ、と投げ出した。

ただ、堀辰雄の文章は、

――いいなあ――

単純に感銘した。イメージに溢《あふ》れ、かすかに音楽が聞こえ、凛《りん》としている。軽井沢の気配そのものを（私はそれをよく感知していたわけではないけれど、私が漠然と考えている軽井沢を）みごとに表出していると思った。そして堀辰雄と言えば肺結核だ。これも私の中でしっかり結びついている。軽井沢、堀辰雄の文章、肺結核のアンヌイ、三位一体となってしまった。

この原稿を書くため、久しぶりに堀辰雄を引き出して読んでみた。意外におもしろい。先輩の勧告は本質において的中していたのかもしれない。

古い銀座

私は銀座で生まれたわけではない。育ったわけでもない。小さい頃は杉並区に住んでいて、戦禍を避け長岡市へ疎開《そかい》した。昭和二十三年の夏休み、父に連れられて東京見物に戻った。銀座という街をはっきりと意識したのは、このとき。中学二年生だった。四丁目の角に立って和光のビルのてっぺんに立つ時計台と三越のライオンを見たような記憶が残っているが、後日の修正、つまり、そのときの記憶ではないことを後日になって補った、というケースかもしれない。確実なのは、この角か、もう一つ北の数寄屋橋《すきやばし》の交差点かで、進駐軍のMPがピピッピーと笛を吹いて交通整理をやっていたこと、長い脚、高いヒップがパンパンに張っていて、

――恰好《かっこう》いいな。強そうだな――

と眺めたことだ。その後はこの勇姿を見ていない。

高校生になって上京。楽しみは外国映画を見ることで、有楽座や日比谷劇場で封切りを見れば最高の贅沢《ぜいたく》だった。自分の小遣いでは行けない。だれかが連れてってくれ

る。その帰り道〝グリルスイス〟という小さなレストランへ入れば、さらに特上の贅沢だった。喫茶店の〝ウエスト〟も、その頃の体験だろう。ベートーベンのブロンズ像と白いテーブル・クロス。少年にはシュークリームがうれしかった。今もほとんど変わっていないが、以来半世紀、思い出してはここへ通っている。

銀座に繁《しげ》く出るようになったのはやはり小説家になってから。三十年くらいの歴史だから自慢にもならない。初めは単純に、

——日本で一番垢抜《あかぬ》けた街のはずだから——

と、いささかの気負いと見栄《みえ》があってのことだったろう。そのうちに、

——よいものは、やっぱり、よい——

なんであれ、本当によいものは素人《しろうと》の審美眼にも充分に訴えてくれる。食べるのも飲むのも、ウインドーショッピングも、銀座はどこの町よりもすてきなものをそろえておいてくれた。

だが、そのうちに少し趣味が変わって、古い銀座を捜すようになった。古いと言っても、創業百有余年などというのではなく（中にはそういう年代ものもあるけれど）数十年ほどの歴史を持つ店。先代あたりが創業して古い銀座の一郭を占め、よい客を集め、今はもう創業期の借金や減価償却から解放されている（ような感じの）店。だ

から商売がどことなく鷹揚《おうよう》で、たとえ高値でもリーズナブル、本当のサービスを心がけてくれるたぐいの店を見つけて喜びとするようになった。

東京人というのは、私の見たところ、本来はお人よしで、明るくて、さっぱりしているのだ。まったくの話、銀座は泰明小学校の同窓生などが仲よく、高品質を維持しながらプライドを持って真のサービスを示してくれるところだった。

このごろのやたらモダンで、気位が高く、高価であることだけが特徴というのは、なじめない。投資が回収されていないらしく商売がきつく、せこい。それがこちらにもわかる。時代の波に洗われ、昨日も一つ、今日も一つ、古い銀座が消えていくのがいとおしい。

夢と現実のはざま

犬は夢を見るのだろうか。見るとしたら、どんな夢を見るのか。その夢は目ざめて脳裏に再現されるのだろうか。

幻想文学の根底には、夢を見る機能が深く関わっているような気がしてならない。犬の生理はともかく、私たち人間は現実を現実として認識しながら、その一方で、

――世界はこれだけではないな――

と直観的に考えている。

考えたすえ、より深い、より確かな認識をえようとする。太陽が動くのを眺め、そこに矛盾を感じ、地球が動くことを知るようになるケースがこれだ。科学の発達はこれに因《ちな》んでいる。

が、これとはべつに、

――太陽が動いたっていいじゃないか。事実そう見えるんだし――

そのあたりに思いを馳《は》せ、夢を見たり、イマジネーションを広げたりする。そこから幻想が、幻想の文学が誕生する。

科学と幻想の関係は悩ましい。科学だと思ったものが実は幻想であったり、幻想が科学を生んだりする。同じ母から生まれた異質な兄弟、ともに私たち人間にとって、人間の文化と進化にとって、かけがえのない創造物であることは疑いない。

話は変わるが、過日私は、ヨルダン、サウジアラビアを旅して広大な砂漠に入った。ところどころに大きな岩山が突き出している。砂と岩とを眺め見るうちに、

――なるほどね――

わけもなく〈アリババと四十人の盗賊〉の冒頭のシーンを思い浮かべた。

とても動きそうもない岩山。周囲は人間の力などとても通用しそうにない茫漠《ぼうばく》たる風景だ。支配するのは、人間を越えた禍々《まがまが》しいものの力……。そうであるならばなんの合理もなく、ただ、

「開け、ごま」

と叫んでみた。なにも動きはしないのだけれど、いつか動くぞ、と、そんな心理が込みあげてきたのは本当だった。

〈アリババと四十人の盗賊〉を含む〈千夜一夜物語〉は童話ではない。明白に大人を

対象とした、様々な物語の群……。歴史に近いものも含まれているが、あらかたがイマジネーションの産物である。

——これだな——

と私は思った。

私たちを取り囲む大自然はもちろんのこと、私たちが作る社会ですら不可解に満ち満ちている。脳みそは昼間の屈託を片隅に残しておいて夜には夢を浮かべる。目がさめたままであればストーリーを作り、非合理を心理的な合理に考えて、

「つまり、こういうことなんだよ」

奇妙な説明をしてくれる。ここに幻想文学が誕生する。このプロセスは夏目漱石の〈夢十夜〉につまびらかだ。どの話もいかにも夢らしい。しかし人間があれほどみごとな夢を見ることは、まあ、ない。夏目漱石のさめた頭が描いたストーリーであることは明らかだ。そして、そこには夢と幻想文学の境目が、進化のプロセスがみごとに示されている。

内田《うちだ》百閒《ひゃっけん》その他の描く怪談のたぐい……これは幻想文学の流れを滔々《とうとう》と占める主流だが、これもまた、

——人間は死んだら、どうなるのか——

不可知の闇《やみ》に挑むさまざまな心理から由来している。

志賀直哉の〈剃刀《かみそり》〉や〈范《はん》の犯罪〉は、むしろ日常の恐怖への関わり。私たちは、――もし、こんなことが実際に起きたら――と、つねに一歩先に生ずるかもしれない恐怖に心を配らずにいられない。これもまた幻想文学の大きな拠《よ》りどころなのだ。まことに、まことに文学はイマジネーションの賜物。すべての文学が幻想文学だと極言できるのではあるまいか。

私は留《とど》まる

〝ミラボー橋の下をセーヌ河が流れ
われらの恋が流れる
わたしは思い出す
悩みのあとには楽しみが来ると
日も暮れよ　鐘も鳴れ
月日は流れ　わたしは残る〟（堀口大學訳〈アポリネール詩集〉新潮文庫より）

と、アポリネールがうたっている。

私自身がミラボー橋の上に立ったのは、いつのことだったか。ずいぶんと遠い昔の出来事のような気がしてならない。

苦しみのあとに喜びが来るとは本当のことだろうか。この一行は喜びのあとに苦しみの来ることをも同時に告げているだろう。

そうだ。遠い日の恋が流れ、月日が流れ、いっさいが流れていく。夕暮れには点鐘がつきづきしい。一つが鳴り、響きが糸を引いて消えかかり、またあらたに鳴って消えてゆく。そのくり返し……。

月日もまた昼と夜とをくり返して流れてゆく。昼が消え、夜が来る、そのさかいめが、今、夕暮れのひとときである。

私は窓をあける。鈍色《にびいろ》の空から雨が白い線を描いて、とめどなく落ちて来る。

——でも、雨って点じゃないのか——

どんなに激しくても一滴一滴が落ちて来るはずだ。なのに、いくつもの線になって見えるのは、なぜ？

なぜ、と問うほどのことでもあるまい。不思議はなにもない。目の錯覚。ほかにも同じことがよくある。映画は確かこの原理によって静止しているものを動かしているはずだ。ひとこま、ひとこまは止まっているのに、すばやく送ることによって画面が動きだす。こまとこまのあいだの空白を、私たちの目が補う。

それは目の作用であると同時に、心の作用も加わっているのではないのか。錯覚を越えて、空白の中になにかを見ようとする志向が私たちに備わっているのではあるまいか。

流れて行くセーヌ、遠い日の恋、そして、おびただしい時間……その経過の中でただ一人〝私〟だけが留まって、そのあいまに見え隠れする空白を見つめているのだ。見えないものを、どう見るか。空白の中になにを見留めるか。経験のたまものであると同時に、心の力を感じてしまう。

一瞬の風景、一瞬の表情、私たちは次に来るものを予測する。それは、その通り現れるかもしれないが、現れないことも多い。そのとき、私たちは見えないものを見る。いっさいが流れてゆくけれど、思い出すのは、ひとつひとつの情景、過去の断片、私たちの心がそれを繋《つな》いで意味を持たせ、見えないものを見る。

点描も空白を見せる技だ。点が線を作り、点が集まって面となるのは、ひとことで言えば私たちの目の錯覚だろう。しかし、私たちの心もなにかを見るのだ。見たいものを見ようとする心を私は信じたい。これは林檎《りんご》であろう、石であろう、木であろう、花であろう、と。作り手も塗りつぶせるものを、点で描くのは数多《あまた》の空白に託すものがあるからだろう。

佇《たたず》み、留まっている人にだけ見えてくるものがあるはずだ。セーヌはどちらからどちらに流れているのだろうか。すぐさま答えられる人は思いのほか少ない。

ある果実の想《おも》い出

二十代の初め、私は肺結核にかかり療養生活を送っていた。大部屋だから、大人の、おじさんたちの話が聞こえてくる。

「ドリアンはうまかったなあ」

「うん。果物の王様だ」

「アイスクリームとチーズを混ぜ合わせたみたいでさァ。王様の果物って呼ばれていた」

かつて東南アジアの戦場へ赴いた人たちが語っている。私としては、

──そんなにおいしい食べ物なのか──

と憧《あこが》れを抱いた。

──アイスクリームとチーズを混ぜ合わせると、どんな味かな──

とは思ったが、果物の王様と王様の果物とのちがいについては、このときはほとんど何も考えなかった。

そのあと、年移り星流れ、十数年後に小説家となり、テレビのディレクターに、

「なにか珍しい食べ物、食べたくないですか」

と尋ねられ、

「ドリアン」

と答えた。

「じゃあ、現地へ行って食べてください」

ドリアンを食べる番組に出演することとなり、行く先はバンコク周辺。十日間ほど毎日ドリアンを食べまくった。

その結果は……よく言われる匂《にお》いについては初めから覚悟ができていた。品種改良もされて匂いはだいぶ薄くなっていた。すばらしいのは、まず形状。ラグビーのボールくらいのもあって、表面にトゲトゲが突出している。果物というより原始人の武器みたい。手に持って暴れたら怖いぞ。

味は、そう、アイスクリームとチーズの混ぜ合わせかどうかはともかく、私の好みではなかった。果物というよりピーナツの味だろう。見聞したところ、ドリアンは好む人と好まない人と、二派にきっかりと分かれる食べ物らしい。私は明白に後者のほうだった。

ジュースを取ったり、シャーベットにしたり、あるいは乾燥ドリアンを作ったりしたが、好まない人にはどれも駄目。加工するより元のままのほうがまだ食べよく、おいしかった。

「これが果物の王様ですか」

と農業試験所の教授に尋ねると、

「いえ、王様の果物です」

栄養価が高い。催淫《さいいん》効果もある。王様の仕事は子孫を残すこと。それゆえにドリアンは王様にふさわしい果物なのだとか。日本の敗残兵にも喜ばれただろう。

納得。因《ちな》みに言えば、果物の女王と言われるマンゴスチンは、現地で食べて、真実、美味でしたね。

小説家の妄想——劇団四季〈ジーザス・クライスト＝スーパースター〉を見て

イエスはなんであったのか？

このミュージカルでも問いかけているけれど、キリスト教徒にとっては、この答は簡明だ。イエスは神の子。それ以外の答はありえない。いっさいがそこから演繹《えんえき》され、多彩な神学が説かれている。

だが、キリスト教徒でない者にとっては、このテーマは悩ましい。

——神の子と言われたってなぁ——

と戸惑ってしまう。日本人のほとんどがこのグループに属しているだろう。

私は信仰を持つ身ではないけれど、ヨーロッパ文化の根源にある聖書については、何度か読み通し、このテーマを考えた。神の子でないとしたら、イエスはなんであったのか？　そして、小説家として、らちもない妄想をめぐらしてしまうのである。

イエスの生涯をながめると、その出生の謎《なぞ》は措《お》くとして、若いときに家を出て三十二、三歳の頃ヨルダン川のほとりに現れ、ヨハネより洗礼を受けている。それまでの生活はつまびらかではないが、おそらく周辺の閉鎖的集団の中に身を置いて宗教的な知識を深めたにちがいない。神の子であれば、どこでどうしていてもかまわないけれど、生身の人間なら衣食住を必要とするはずだ。イエスの知性は特上のものであったし、著名になってからも青年期の生活が噂《うわさ》にのぼらなかった。それもこれも浮世と隔絶した宗教集団に養われていたから、と考えれば納得できる。

イエスはそこでなんらかの宗教的な啓示をえて、人々を救済しようと考えたのではないのか。信仰を持たない私としては優れた社会革命家のイメージを描いてしまう。

まだ宗教と政治が充分に分化されていない時代だった。宗教的リーダーが政治を動かしていた。ダビデもソロモンもそうだった。

しかしイエスは精神により人々を救済しようと考えた。この世ではなく神の世での安寧を志向した。のちに使徒と呼ばれる人たちもこのことをよく知っていたかどうか。理解するまでにいささか時間がかかったようだ。

とりわけユダは、イエスに対して、あの世ではなく、この世での政治的リーダーを期待したらしい。さながらダビデやソロモンのようであることを……。ユダは現実主義者だったのである。

一方、イエスは神の国を目ざし、みずからが神の子だと信ずるようになる。そして、その証《あかし》として復活を考えるようになる。その歴然たる証明として十字架にかかる決意を示す。もうあとには引けない。

ゲッセマネの園で祈りながらイエスが真実苦しみ悶《もだ》え、死ぬほど悲しんだのは、一瞬、

――私は本当に神の子なのだろうか――

死を目前にして迷いを抱いたからではないのだろうか。そして、そのあと、さらに祈り、思索し、本来に返って神とみずからを信ずる。だからこそ（例えばマタイ伝にあるように）、

「神よ、あなたの御心《みこころ》がおこなわれますように」

と言って捕吏にとらえられ、いっさいを神に委《ゆだ》ねたのではないのか。

この迷いと信念への立ち返りは、もう一度、十字架の上で繰り返されている。私にはそう見えてしまう。つまりマタイ伝ではイエスは十字架にかかったまま「わが神、わが神、なぜ私をお見捨てになったのですか」と叫んでいる。死の瞬間に、なにかしら神からの合図があるものと考えていたのに、それがまだない。そのことを嘆いたのではなかろうか。しかし、さらに思い直し信念を深めて立ち返り、ルカ伝にあるように、

「神よ、私の霊を御手に委ねます」

と呟《つぶや》いて息を引き取ったのである。迷いのない境地に踏み入ったということである。

神を信じ、迷い、そして立ち返る。ゲッセマネと十字架の上と、二つの切羽詰まった情況において垣間見える（あくまで私の想像に過ぎないのだが）イエスの苦悩を私はむしろ人間的で崇高なものと考える立場である。

ユダはキリスト教徒から見れば、ただひたすら悪《あ》しき存在なのだろうが、今回のミュージカルでも、従来より少し踏み込んだイメージが与えられている。そうあってしかるべき立場だろう。

私としては……ユダは（先に見たように）社会救済に対する方向性がイエスと根本的にちがっていたのだ。路線の違いであり、袂《たもと》を分かつよりほかにない。そうであればこそイエスにはだれが自分のもとを去って行くのか、たやすく分かっただろう。

イエスは復活を告げて十字架へと急ぐ。

――もし復活しなかったら――

これは教団の存亡に関わるデモンストレーションであり、現実主義者のユダには復活なんて、とても信じられない。

――じゃあ、復活をさせようじゃないか――

と、私の妄想はさらに広がるのだが、ユダとその仲間たちの中に復活を演出した者がいたのではないか。たとえばアリマタヤのヨセフ。磔刑《たつけい》のあとの出来事には、ほとんどすべてこの人が関わっている。今となっては真相は知るすべもないけれど、この人なら謀略として復活を印象づけることができただろう。

以上の推測は、キリスト教徒にはずいぶんと不快だろう。ただ、小説家とは奇怪な出来事の隠れた部分に整合性を求めてストーリーを創《つく》る者である。そして、私は考える。イエスは社会革命家であってもよいではないか、と。きわめて優れた思想家であれば、それを神の子としてもよいではないか。二千年を経て遠い日の人物に少しずつサムシングが加えられ、劇団四季のパフォーマンスでは音楽を用いながら、その気配を漂わせているのが興味深い。

寄せ鍋《なべ》

汁っぽいものが好きである。

ざるうどんよりはかけうどん。焼きそばよりつゆそば。当然、鍋ものは好みである。

少年期を新潟県で過ごしたせいもあって、心に残っているのは、三平汁《さんぺいじる》。食料不足の時代だったから、もっぱら塩鮭《しおざけ》の頭が用いられていた。

「それが、おいしいのよ。脂《あぶら》がのっていて」

と、きょうび、歴《れっき》とした割烹店《かっぽうてん》の女将《おかみ》などに言われるが、これは、すいとんやおから料理と同じこと。材料を吟味し、ちゃんと作るからおいしいのであって、戦中戦後のすいとんやおからは、あまりおいしいものではなかった。メリケン粉の団子を醬油《しょうゆ》汁《じる》の中にただ浮かせたものや豆腐をしぼったかすだけを煮たものが、なんでそんなにうまいものか、うまいとすれば当時ほかにろくなものを食べていなかったからだろう。

三平汁も本来は相当な美味でありうるけれど、私がなじんだころは、

――少しは身のほうが食べたいな――

もっぱら頭の皮や軟骨が目立つ鍋料理だった。しみじみうまいと思うようになったのは、ここ十数年くらい、鮭の頭と、ほかにそれを生かす食材とりっぱな味つけがいろいろあってのことである。

三平汁の思い出とはべつに、

「どんな鍋が好きですか」

と聞かれれば、あれこれたくさん入っている寄せ鍋がいいですね。

つまり、専門店よりデパート方式の鍋を私は挙げるだろう。それに……あえてこれを挙げる理由は、ほかにもう一つ、これぞ日本一うまいのではないかと思う寄せ鍋を食べたことがあるからだ。食べる店を知っているからだ。

場所は金沢。浅野川のほとり。私が知っているくらいだから、ご存知の食通も多いだろう。この店は寄せ鍋しか食べさせない。初めて金沢に行ったとき、

——ブリの刺身にゆでたてのカニ、たっぷり食ってやるぞ——

張り切っていたのに部屋に入ると女将さんが注文より先に土鍋に水を入れ、

「うちは鍋だけです。刺身ならよそへ行ってください」

おおいに落胆したが、この寄せ鍋のうまいこと、うまいこと。以来、金沢に行くた

びに通っている。そして私なりに美味の理由を見破ったぞ。おいしい寄せ鍋にとって魚介類が新しくて上等なのは当然のこと。ここでは野菜がめっぽう新鮮なのだ。たった今、畑から採ってきたらしく、匂《にお》い立っている。美味の秘訣《ひけつ》はこのあたりと推測しているのだが、ちがうだろうか。

ついでに言えば、割烹店で食べる鍋料理には、さまざまな工夫があって当然だが、鍋料理の醍醐味《だいごみ》は一家団欒《だんらん》の楽しさ。私は母を早く亡《な》くしたけれど、その晩年のひとき、一家で寄せ鍋を食べたことがあった。

とてもおいしかった。その夜は、ほかにもう一品、イカの煮つけがおかずになっていて、これもなかなかうまい。

「おいしいわね、今日の寄せ鍋」

「イカもうまい。身がやわらかくて」

私の母は優しく、すてきな人柄だったけれど、少しそそっかしいところがあった。なにを思ったか、突然、イカの煮つけを煮汁もろとも寄せ鍋の中にぶちまけた。

家族たちの箸《はし》が止まる。表情が変わる。たちまち鍋がまずくなってしまったから……。おいしいものプラスおいしいものでも、よりおいしくなるとは限らない。母はみんなの顰蹙《ひんしゆく》をかった。狼狽《ろうばい》し、ショボリとしていたのが五十年たったいまも記憶に残っている。寄せ鍋を食べるたびに思い出す。寄せ鍋については野菜も新しく、ゆめイカの煮汁など混ぜてはいけません。私のささやかな寄せ鍋体験である。

私の愛した短編小説20

「銀の匙《さじ》」中勘助『銀の匙』岩波文庫

少年の甘く切ない思い出を綴《つづ》った名作短編連作集。なんと言ってもこの日本語の美しさを味わって欲しい。私は高校生のときに読みましたが、後篇の最後に出てくる姉様は、いまだかつて小説に現れた日本女性の中で最も美しい女性です。

「文字禍」中島敦『恐怖特急』集英社文庫

文字の精霊が夜ごと図書館の闇《やみ》の中で話をする……という怪しい話。文字という素晴らしい文明が実はあまりに素晴らしすぎて、その大きな罠《わな》に気がつかない私たち。文字の落とし穴って、なんでしょう？　例えば、「書かれたこと」だけが「あったこと」になってしまう、とか――文明人をヒヤリとさせてくれる寓話《ぐうわ》です。

「女主人」ダール『キス・キス』早川書房
ちょっと不気味なのに、めっぽう面白い。私の直木賞受賞作〈ナポレオン狂〉は、この作品の影響を受けているんです。これは青年実業家を夢見る一人の若者が、偶然たどり着いた町宿で出会った曰《いわ》くつきの女主人のお話。特に最後の台詞《せりふ》は、背筋がぞーっとしますよ。

「南神威島」西村京太郎『日本ユーモア文学傑作選1』白水Uブックス
西村さんといえば鉄道ミステリー、なんて短絡的に考えちゃいけません。これは短編の傑作です。八重山《やえやま》諸島あたりの小さな島に赴任した医師が、伝染病の発生をきっかけに島人たちの異常な信仰に巻き込まれていくお話。〝村〟というものが持つ怖さと自己救済能力を、見事にえぐりだしています。

「セッちゃん」重松清『ビタミンF』新潮文庫
重松清という作家は、若い人の世界を見事に描いた作品を多く書いている。この小説に使われている手法は短編だからこそ出来た仕掛けといっていいでしょう。子供の哀感を書かせたら当代ナンバーワンの作家です。

「その木戸を通って」山本周五郎『おさん』新潮文庫

天下の名作でありながら、そのテーマは限りなく現代小説に近いものがあります。記憶喪失症という病を時代小説の中で扱うことによって、男女の愛の儚《はかな》さを綴《つづ》っています。

「六本木心中」笹沢左保『六本木心中』角川文庫

非常に小説的な小説です。変な言い回しになってしまったけれど、これは笹沢さんがめずらしく書いた現代小説、しかもとても純文学的側面の強い短編になっています。時代小説で知られる作者だけに、こんな小説があったのか、という驚きがある。ギリギリの愛を心中で清算しようとした若い男女の哀切が、痛いほど心に迫ります。

「潜在光景」松本清張『潜在光景』角川文庫
これはヤラレタ！と思いました。私が書くべき作品だったなんて思ってしまうほど、心理的なトリックが素晴らしい短編。二十年ぶりに再会した、妻ある男と六歳の息子を持つ女。少しずつ惹《ひ》かれ合っていく幼友達の二人だけれど、女の息子は母の愛が男に向き始めたことに気付き、次第に男への殺意を募らせていく。意表をつくラスト、そしてこのタイトル、深いです。

「さびしい水音」宇江佐真理『深川恋物語』集英社文庫
舞台は江戸でありながら、現代にもありうべき夫婦の物語です。絵の好きな女が、そのうち絵師として身を立てると、仲睦《なかむつ》まじかった夫との微妙なバランスが崩れていく――。最後に、橋の上でそれぞれが二人の来し方を想《おも》うシーンは素晴らしい。作りものではない、人間の真実が垣間見えます。

「自日没《にちぼつより》」五味康祐『刺客《せっかく》』文春文庫

上役を斬り、藩を逃亡する侍。医師でもあったこの男は、とある村で流行していた疫病《えきびょう》の治療を施してしまいます。藩から刺客が迫るなか、追い詰められる男。男に救われた村人たちが、取った行動とは――嘘《うそ》の付き方の絶妙さを楽しんで欲しい一作です。

「病気の通訳」ジュンパ・ラヒリ『停電の夜に』新潮文庫

大人になっても、いや大人になったからこそ、人は夢みるものではないでしょうか。それが一時だけの、小さな夢であったとしても。アメリカ人夫婦がインド旅行に訪れた際に出会った、通訳の男。男は次第に、自分はアメリカ人の女に愛されているのではないかと思うようになる。熟しているがゆえに儚《はかな》い、夢のような物語です。

「水明り」佐江衆一『江戸職人綺譚《きたん》』新潮文庫

この『江戸職人綺譚』には、様々な仕事人が登場します。錠前師、凧《たこ》師、人形師、女刺青師……。この作品は、今夜を「最後の夜」にしようと密《ひそ》かに誓った娼婦《しょうふ》と、そこに通りがかり彼女の「最後の客」となった桶師《おけし》の浅吉に纏《まつ》わる、切ない一夜の物語。職人の心意気が気持よい、連作短編集の中の一編です。

「枯野」藤沢周平『日暮れ竹河岸《たけがし》』文春文庫

あったかもしれない恋。それを回想するとき、そこにはいつも感傷を超えた美しさがあります。それは枯れゆく野が見せる、一瞬の紅葉にも似ている。そこそこ裕福な商人に嫁いだ女が、振りかえるいつかの恋。なぜ自然は、滅び行くために高まりをみせるものなのか——なんて考えたくなってしまうような秀作です。盛りを過ぎた、しかし美しく成熟した女性の哀感を見事に描いています。

「よなき」三浦哲郎『ふなうた』新潮文庫

過疎《かそ》の村、遠くから響く赤ん坊の泣く声を聞いた老女。この村では久しく赤ん坊など生まれていないはずなのに……。いても立ってもいられなくなった老女は、かすかな泣き声を頼りに、夜中の道をたどっていきます。たった一つの泣き声が、こんなにも人間を浮き立たせるものなのか。命の輝きが胸に迫る一作です。

「タマンゴ」　メリメ『カルメン』新潮文庫

メリメ＝カルメン、だけじゃあないんです。白人に奴隷《どれい》を売っていたタマンゴという男が、あるきっかけで自分も売り飛ばされそうになる。そしてクーデターを起こし、最後は海をさまよっていく。忠節な美しい女奴隷も登場し、楽しみ方は色々。短いのに素晴らしく波乱に富んだ冒険物語です。

「ペンフレンド」　スレッサー『うまい犯罪、しゃれた殺人《き》』ハヤカワ・ミステリ文庫

これは、アイロニカルな笑いがピリリと利いた作品です。あるところに、寂しい老女が姪《めい》と二人で暮らしている。でも彼女、実は姪のフリをして囚人と文通をしているんですね。それである日、その囚人が架空の文通相手を頼って脱獄してきたら……というお話。面白そうでしょ？

「鹿狩《しかが》り」ボーモント『夜の旅その他の旅』早川書房

非常にアメリカ的、といいますか。会社の上役に誘われて、鹿狩りに行くあるサラリーマンのお話です。実はこの鹿狩り、一種の査定でもあるんですね。組織の中で時として出世のために求められる冷酷さを取るか、生きとし生けるものへの愛情を貫くか——このジレンマの描き方が秀逸です。

「序文」清水義範『日本ユーモア文学傑作選1』白水Uブックス

まず、発想がスゴイ。なんてったってこの小説、すべて論文の【序文】で構成されてるんです。これがいかにももっともらしくて、学会などがもっているバカらしさが皮肉られていて面白い。言語は屈折しながら拡大していく、という偽《にせ》の学説も、妙に説得力があって楽しめます。

「雨」モーム『雨・赤毛』新潮文庫

大自然は美しいと同時に、巨大な魔を潜ませています。これは、ものすごいスコールが一人の敬虔《けいけん》な牧師の心を狂わせる、というストーリー。南洋を舞台に、原始の力に対する畏《おそ》れが色濃く投影された名編です。

「ジゴロ」 サガン『絹の瞳《ひとみ》』新潮文庫

ある程度年を重ねた女性が男をお金で雇う。しかし、男はその初老の婦人に恋をする。いわずと知れたこのサガンの短編は、「あなたはずるしてるわ」という彼女のセリフを、きちんと理解できるかどうかが肝です。

解説「阿刀田さんを戦友と呼ぶ理由」

小田島雅和

「戦友」という言葉を広辞苑《こうじえん》でひくと、「同じ部隊に属し、同一の戦闘に従事した同僚」とあります。そうであるならば、〝私はかつて阿刀田さんと戦友であった〟といっても差し支えないように思います。

「文芸」という部隊に所属し、阿刀田さんは狙撃手《そげきしゅ》として、私は弾薬の供給係りとして三十余年……というと格好をつけすぎでしょうか。でも、それは嘘偽《うそいつわ》りのない私の気持ちです。その論拠を示すために、ちょっと私の簡単な履歴に触れることをお許しください。

私は、昭和四十二年、講談社という出版社に入りました。一年だけ婦人雑誌の編集を経験し、四十三年には創刊間もない月刊誌の「現代」に異動しました。日記はつけていませんし、日記代わりの手帳もすでに処分してしまって、大雑把な記憶に頼るしかないのですが、阿刀田さんとの出会いは、月刊現代時代でした。昭和四十四年か四十五年です。

当時、阿刀田さんはまだ国立国会図書館に勤務していて、コラムニストとの二足の草鞋《わらじ》を履いていました。KKベストセラーズから刊行して、社名のごとくベストセラーになった『ブラック・ユーモア入門』の前後だったと覚えています。

「現代」の主な読者層は二十代～四十代の中堅サラリーマンでしたから、軸になる記事には無骨なものが並びます。そこで、息抜きの読み物として、ちょっとエッチで、といって下品にならず、お洒落《しゃれ》な読み物の書き手はいないか。ということで、ちょうど売り出し中の阿刀田さんに白羽の矢が立ったのです。

阿刀田さんと初めて顔を合わせたのは、名前も詳しい場所も思い出せませんが、銀座の喫茶店でした。

鮮明に覚えているのは、八月の暑い盛りだったこと。そして、阿刀田さんが粋《いき》な着物姿でお店に入ってこられたことです。人柄も実にソフトで、気さくでした。

国会図書館勤務ということで、お堅い学者タイプの人を想像していた私は、最初に肩透かしをひかれた思いでした。

その時にいただいた原稿も印象に残っています。「ヒモ学入門」……題名もしっかり覚えています。女性に寄生して生きる「ヒモ」の大変さ、おかしさ、切なさ……今でもあの原稿は傑作だったと思っています。「現代」在籍中、その後何度も素敵な原稿をいただきました。

「現代」に在籍して五年後の昭和四十八年、私は当初から希望していた「小説現代」への異動が認められて、文芸編集者として出発するのですが、ここでまた、阿刀田さんとのコンビが復活することになりました。といって最初から小説のコンビを組んだわけではありません。最初はコラムでのコンビでした。それも、異動してすぐにというわけではありません。他の仕事と違って、文芸では作家は担当制になっています。阿刀田さんにはすでに大先輩の担当者がいましたが、私の気持ちを察して譲ってくれたのです。

当時、「オール讀物」「小説新潮」「小説現代」は御三家と呼ばれ、部数的にもそれぞれ三十万部から四十万部を誇っていた時代です。そして、どの雑誌も（抄《す》き色ページ）という、薄い黄色やオレンジの色のついたページを持っていました。当時人気のコラムページで、各誌ここには、これぞというエースを投入して、独自のカラーを競っていました。

小説現代がコラムの顔として投入したのが阿刀田さんです。新潮が塩田丸男さん、オールはまだ村島健一さんだったでしょうか。このページの担当を先輩から引き継いだのです。古今東西、和洋を問わぬ該博な知識と、どんな深刻な問題でも笑いのオブラートに包み、時には上質なエロスの味をまぶして読者を引っ張っていくには、ある意味、小説家以上の力を要求されます。阿刀田さんの真の〝凄《すご》さ〟を知ったのはこのときでした。

「ちょっと相談があるのだけれど」……しばらくしたある日、阿刀田さんから声がかかりました。「小説を書いてみませんか」という誘いを、だいぶ前に編集長から受けていて、もちろん阿刀田さんもその気でしたが、踏み出すタイミングを計っていたようなのです。

案の定、「そろそろ踏みきってみようかと思うのだけれど」……阿刀田さんの声に力がこもります。私に否《いな》やがあろうはずはありません。そこから、阿刀田さんと私の、小説という紐《ひも》で足を結んだ二人三脚が始まりました。

最近はわかりませんが、当時の小説現代では、ベテラン作家には新人の編集者を、逆に新人作家にはベテランの編集者をつける傾向がありました。新人編集者をベテラン作家に厳しく育ててもらう、スタートが大事な新人作家にはベテラン編集者の知識と経験を生かしてもらう、という意図があったと思われます。私も多くのベテラン作家の担当を仰せつかり、叱《しか》られ、しごかれしながら編集者としての年輪を刻んでいきました。

作家にとっては迷惑なような気がしますが、作家に限らず、人間年をとると、若い者を鍛えたい、自分の身につけたものを次の世代に伝えたい、と思う気持ちも生じるのでしょう。

しかし、ベテラン作家にはいろいろ教えてもらうことはあっても、互角に小説の話をするわけにはいきません。

その点、作家も編集者も新人同士の組み合わせには、どこへ走っていくかわからない不安もありますが、お互いに意見をぶつけ合い、切磋琢磨《せっさたくま》しながら成長していく楽しみもあります。

阿刀田さんは昭和十年生まれで、私より十年先輩ですし、コラムニストとしてはすでに一家を成していましたが、作家としてはまだスタート前でした。ですから、相撲で言えば、まさにがっぷり四つに組みあうことができたのです。

すでに名のある阿刀田さんの作家デビューには、かなりのインパクトのある作品が必要です。ちょっと大袈裟《おおげさ》ないいかたですが、二人だけの勉強会が始まりました。主に海外の短編名作を読んで、参考になりそうなものを報告しあいました。阿刀田さんはかなりの作品をすでに読んでおられましたが、勉強不足の私は殆《ほとん》どの作品が未読です。その意味では、私のための勉強会だったのかもしれません。それでも、阿刀田さんも知らない名作にぶつかると、「こんな凄い作品がありましたよ。阿刀田さん、知ってましたか」……たまのことなので、鬼の首でもとったように報告します。ダール、サキ、スレッサー……この本の中でも阿刀田さんが触れられている作家たちの作品を、この時期、私も夢中で読んだものでした。

昼を挟んでの打ち合わせでは、よく阿刀田さんに昼食をご馳走《ちそう》になりました。そして、食後は喫茶店に場所を移して打ち合わせが続きます。

「珈琲《コーヒー》はあなたにご馳走になろうか」……すべて阿刀田さんに支払ってもらったのでは私の面子がたちません。とはいえまだ駆け出しサラリーマンの私に、さりげなく安い珈琲代をまわしてくれるのが、阿刀田さんの優しさでした。阿刀田さんとしてもまだ作家としてのデビュー前。つつましく、しかもひたむきに小説に取り組んでいた時期の話です。

阿刀田さんほど、私の思い描いたコースをトントン拍子で進んだ方は他にありません。昭和五十四年、まず『来訪者』で第三十二回日本推理作家協会賞を、同年『ナポレオン狂』で第八十一回直木賞を受賞しました。

どちらの時も、私は阿刀田さんと一緒に酒場で待機しました。文学賞の通知を作家と共に待つのは、初めての経験です。そして、二度とも朗報が飛び込んできたのです。文学賞とは、こんなに簡単にとれるものなのか。

それが間違いだとわかるのにそんなに時間はかかりませんでした。

その後は、候補作家と一緒に待機して、辛《つら》い知らせを受けたことのほうが圧倒的に多いのです。お互いに無理に笑顔を作って別れるときの切なさ。阿刀田さんの受賞の時は、まだそれを知りませんでした。

　それから私は出版部に移り、今度は生原稿を取る代わりに、阿刀田さんの単行本を作ることに専念します。今、阿刀田さんの著書を眺めてみると、私の作った本がかなりあります。年代順にこだわらずに挙げてみると、『危険信号』『猫の事件』『風物語』『迷い道』『真夜中の料理人』『時のカフェテラス』『壜詰《びんづめ》の恋』『マッチ箱の人生』『ガラスの肖像』……などなどです。

　そして五十歳を過ぎて、私がもういちど小説現代に舞い戻ったとき、長編の『新トロイア物語』を連載していただいて、それが、中間小説の最高の賞といわれる「吉川英治文学賞」を受賞したのです。こんなおいしい思いをさせてくださった方はほかにいません。

　今、改めてこの『短編小説より愛をこめて』の第一章を読んで思うのは、阿刀田さんの短編小説への思い入れのすさまじさです。現在、エンターテインメント分野の作家で「短編小説と心中してもいいかな」と言い切れる人が他にいるでしょうか。星新一さんといえば「ショートショート」というイメージがあるように、長編小説でも大きな足跡を刻んでいるにも拘《かかわ》らず、やはり阿刀田さんというと「短編小説」というイメージが真っ先に来ます。まずはコラムニストとして、次には作家として、文章を磨きに磨いてきた結果でもあり、持って生まれた鋭い感性のせいでもあるのでしょうか。

もうひとつ、これまで私の編集者生活を軸に阿刀田さんのことを書いてきましたので、阿刀田さんの仕事の中で大事な一面を書き漏らしていました。それが第二章の「美術に読むギリシャ神話十話」とホメロスその他のエッセイです。

阿刀田さんの仕事の中で、私が勝手に「知っていますかシリーズ」、と名づけた作品群があります。それは、小説新潮が専売特許のように長期に、断続的に連載し、同社で書籍化していった『ギリシア神話を知っていますか』『旧約聖書を知っていますか』『新約聖書を知っていますか』『コーランを知っていますか』。題名は違いますが『ホメロスを楽しむために』『シェイクスピアを楽しむために』などです。これは阿刀田さんだからこそできる、楽しくてわかりやすいそれぞれの入門書で、これも阿刀田ワールドの柱の一部なのです。ここでは「ギリシア神話」と「美術」という阿刀田流のひねりが加えられています。

第三章は、ペンクラブの活動のこと(阿刀田さんの肩書きが執筆時の専務理事となっていますが、現在は会長)、若き日の失恋のこと、同級会のこと……とテーマは様々ですが、「作家の物の見方、考え方」として読むと、楽しみが増すのではないでしょうか。

話が少し長くなりました。ちょっとまた私事に戻します。

文芸の編集者は作家と緊密な関係を築かなければやっていけませんし、また面白くもありません。前述したように、新人のころは遥《はる》か年長の作家の方々の担当が多かったので、中には実の父親や年の離れた兄貴のように親しいお付き合いをさせていただく方もできました。私が定年退職したら、時には昔話に興じたり、時には一緒に旅に出たりして……私は将来に、漠然とそんな夢を見ていました。

しかし、年齢が大きく離れているということは、別れが早いということでもあります。私はそれを忘れていました。特に私が親しくさせていただいた方々は、みなさん早くに彼岸へ旅立って行かれ、私は毎回、旅立つ人を見送るばかりでした。寂しさを通り越した、ある種の虚《むな》しさが澱《おり》のように胸の中に溜《た》まっていきました。

そんな中、阿刀田さんだけは年齢に合わせて自在にペースを作り、執筆に、その他の活動にと衰えを見せません。それはとにかく心強く、なによりうれしいことでした。

私の定年の日、阿刀田さんが慰労の宴《うたげ》を張ってくれました。二人で心ゆくまであれこれと思い出話をしました。たったひとり、私の夢をかなえてくれたのが、三十有余年の時間を共有してきた戦友の阿刀田さんだったのです。

阿刀田さんは現在、作家稼業のほかに日本ペンクラブの会長、文学賞の選考委員や各種審議会の委員など要職を兼任し、また短編小説の普及を旗印に、阿刀田さんの講演と慶子夫人の短編朗読で構成する「朗読21」という会を毎年主催……聞くだけで目が回るくらい忙しいのです。そのちょっとした合間を縫って、私はお酒をご一緒させてもらっているわけですが、そう頻繁にお目にかかるわけにもいきません。

生まれつき虚弱な私が、なんとか定年まで無事に辿《たど》りつきました。じっと待っていれば、いつかは阿刀田さんも現役を引退する日が来るでしょう。私も歯を食いしばって、その日まで元気でいたいと思います。

今度は、阿刀田さんにも有り余るほどの時間があるはずです。冬ならば縁側で猫でも抱いて、渋茶でも啜《すす》って、心ゆくまで小説の話でもしませんか。

（平成二〇年四月、元小説現代編集長）

阿刀田高　文庫分類目録

＊ミステリー、奇妙な味、ブラック・ユーモアに属する小説、および小説集

『冷蔵庫より愛をこめて』（講談社文庫・'81年9月刊）
『過去を運ぶ足』（文春文庫・'82年1月刊）
『ナポレオン狂』（講談社文庫・'82年7月刊）
『Aサイズ殺人事件』（文春文庫・'82年9月刊）
『食べられた男』（講談社文庫・'82年11月刊）
『夢判断』（新潮文庫・'83年1月刊）
『一ダースなら怖くなる』（文春文庫・'83年6月刊）
『壜詰の恋』（講談社文庫・'84年2月刊）
『恐怖夜話』（ワニ文庫・'84年4月刊）
『コーヒー・ブレイク11夜』（文春文庫・'84年9月刊）
『マッチ箱の人生』（講談社文庫・'84年10月刊）
『最期のメッセージ』（講談社文庫・'85年2月刊）
『街の観覧車』（文春文庫・'85年10月刊）
『早過ぎた予言者』（新潮文庫・'86年2月刊）
『NAPOLEON CRAZY』（講談社英語文庫・'86年3月刊）
『待っている男』（角川文庫・'86年6月刊）
『危険信号』（講談社文庫・'86年9月刊）
『仮面の女』（角川文庫・'87年6月刊）
『だれかに似た人』（新潮文庫・'87年6月刊）
『猫事件』（講談社文庫・'87年9月刊）
『ミッドナイト物語』（文春文庫・'87年10月刊）
『黒い箱』（新潮文庫・'88年4月刊）
『迷い道』（講談社文庫・'88年12月刊）
『知らない劇場』（文春文庫・'89年1月刊）
『真夜中の料理人』（講談社文庫・'89年10月刊）
『明日物語』（文春文庫・'90年7月刊）
『恐怖同盟』（新潮文庫・'91年1月刊）
『危険な童話』（新潮文庫・'91年4月刊）
『妖しいクレヨン箱』（講談社文庫・'91年5月刊）
『霧のレクイエム』（講談社文庫・'91年10月刊）
『Vの悲劇』（講談社文庫・'92年6月刊）
『東京25時』（文春文庫・'92年12月刊）
『他人同士』（新潮文庫・'93年1月刊）
『心の旅路』（角川ホラー文庫・'93年7月刊）
『いびつな贈り物』（集英社文庫・'94年2月刊）
『夜に聞く歌』（光文社文庫・'94年11月刊）
『消えた男』（角川文庫・'95年1月刊）
『奇妙な昼さがり』（講談社文庫・'96年3月刊）
『箱の中』（文春文庫・'97年5月刊）
『朱い旅』（幻冬舎文庫・'98年4月刊）
『あやかしの声』（新潮文庫・'99年4月刊）
『新諸国奇談』（講談社文庫・'99年5月刊）
『Aサイズ殺人事件』（創元推理文庫・'04年5月刊）

『コーヒー党奇談』（講談社文庫・'04年8月刊）
『遠い迷宮』（集英社文庫・'07年9月刊）
『黒い回廊』（集英社文庫・'08年1月刊）

＊現代風俗、男女の関係をテーマとする
　小説、および小説集

『異形の地図』（角川文庫・'84年5月刊）
『ガラスの肖像』（講談社文庫・'85年12月刊）
『不安な録音器』（中公文庫・'88年1月刊）
『風物語』（講談社文庫・'88年2月刊）
『東京ホテル物語』（中公文庫・'88年6月刊）
『影絵の町』（角川文庫・'89年8月刊）
『ぬり絵の旅』（角川文庫・'89年10月刊）
『時のカフェテラス』（講談社文庫・'90年5月刊）
『花の図鑑』（上・下）（新潮文庫・'90年5月刊）
『花惑い』（角川文庫・'91年1月刊）
『面影橋』（中公文庫・'91年5月刊）
『愛の墓標』（光文社文庫・'91年11月刊）
『響灘　そして十二の短篇』（文春文庫・'92年7月刊）
『空想列車』（上・下）（角川文庫・'92年12月刊）
『猫を数えて』（講談社文庫・'93年11月刊）
『やさしい関係』（文春文庫・'96年6月刊）
『花の図鑑』（上・下）（角川文庫・'99年8月刊）
『不安な録音器』（文春文庫・'01年6月刊）
『面影橋』（文春文庫・'01年10月刊）
『メトロポリタン』（文春文庫・'02年3月刊）
『鈍色の歳時記』（文春文庫・'02年12月刊）
『花あらし』（新潮文庫・'03年6月刊）
『黒喜劇』（文春文庫・'05年6月刊）
『黒い自画像』（角川文庫・'06年8月刊）
『脳みその研究』（文春文庫・'07年5月刊）
『おどろき箱１』（幻冬舎文庫・'07年6月刊）
『おどろき箱２』（幻冬舎文庫・'07年8月刊）
『こんな話を聞いた』（新潮文庫・'07年9月刊）
『こころ残り』（角川文庫・'08年3月刊）

＊伝記小説、歴史にちなんだ小説など

『夜の旅人』（文春文庫・'86年10月刊）
『夢の宴』（中公文庫・'93年1月刊）
『海の挽歌』（文春文庫・'95年7月刊）
『リスボアを見た女』（新潮文庫・'95年10月刊）
『新トロイア物語』（講談社文庫・'97年12月刊）
『幻の舟』（角川文庫・'98年10月刊）
『獅子王　アレクサンドロス』（講談社文庫・'00年10月刊）
『怪談』（幻冬舎文庫・'01年4月刊）

＊エッセイ、教養書、雑書に属するもの

『江戸禁断らいぶらりい』（講談社文庫・'82年2月刊）

『頭の散歩道』（文春文庫・'83年2月刊）
『ジョークなしでは生きられない』（新潮文庫・'83年7月刊）
『ブラック・ジョーク大全』（講談社文庫・'83年9月刊）
『詭弁の話術』（ワニ文庫・'83年12月刊）
『ギリシア神話を知っていますか』（新潮文庫・'84年6月刊）
『ことばの博物館』（旺文社文庫・'84年10月刊）
『まじめ半分』（角川文庫・'84年10月刊）
『ユーモア人間一日一言』（ワニ文庫・'84年12月刊）
『恐怖コレクション』（新潮文庫・'85年4月刊）
『左巻きの時計』（新潮文庫・'86年5月刊）
『笑いの公式を解く本』（ワニ文庫・'86年8月刊）
『夜の紙風船』（中公文庫・'86年10月刊）
『アラビアンナイトを楽しむために』（新潮文庫・'86年12月刊）
『映画周辺飛行』（光文社文庫・'87年11月刊）
『頭は帽子のためじゃない』（角川文庫・'88年1月刊）
『あなたの知らないガリバー旅行記』（新潮文庫・'88年4月刊）
『エロスに古文はよく似合う』（角川文庫・'88年10月刊）
『ことばの博物館』（新版）（文春文庫・'89年6月刊）
『ユーモア毒学センス』（ワニ文庫・'89年9月刊）
『雨降りお月さん』（中公文庫・'89年9月刊）

『食卓はいつもミステリー』（新潮文庫・'89年12月刊）
『花のデカメロン』（光文社文庫・'90年11月刊）
『阿刀田高のサミング・アップ』（新潮文庫・'93年6月刊）
『詭弁の話術』（新版）（角川文庫・'93年9月刊）
『三角のあたま』（角川文庫・'94年1月刊）
『旧約聖書を知っていますか』（新潮文庫・'94年12月刊）
『魚の小骨』（集英社文庫・'95年11月刊）
『新約聖書を知っていますか』（新潮文庫・'96年12月刊）
『好奇心紀行』（講談社文庫・'97年10月刊）
『日曜日の読書』（新潮文庫・'98年5月刊）
『アイデアを捜せ』（文春文庫・'99年2月刊）
『夜の風見鶏』（朝日文庫・'99年3月刊）
『犬も歩けば』（幻冬舎文庫・'00年4月刊）
『ホメロスを楽しむために』（新潮文庫・'00年11月刊）
『ミステリーのおきて102条』（角川文庫・'01年10月刊）
『小説家の休日』（集英社文庫・'02年4月刊）
『私のギリシャ神話』（集英社文庫・'02年12月刊）
『ミステリー主義』（講談社文庫・'03年1月刊）
『シェイクスピアを楽しむために』（新潮文庫・'03年1月刊）
『楽しい古事記』（角川文庫・'03年6月刊）
『ものがたり風土記』正・続（集英社文庫・'03年9月刊）
『陽気なイエスタディ』（文春文庫・'04年3月刊）

『殺し文句の研究』　（新潮文庫・'05年1月刊）
『コーランを知っていますか』　（新潮文庫・'06年1月刊）

——2008年7月現在——

この作品は平成十八年一月新潮社より刊行された。

阿刀田 高著
こんな話を聞いた
さりげない日常の描写に始まり、ゾクリあるいはニヤリとさせる、思いもかけない結末が待つ18話。アトーダ・マジック全開の短編集。

阿刀田 高著
花 あ ら し
花吹雪の中、愛しい亡夫と再会する表題作、皇女アナスタシアに材を取った不気味な感触の「白い蟹」など、泣ける純愛ホラー12編。

阿刀田 高ほか著
七つの怖い扉
足を踏み入れたら、もう戻れない。開けるも地獄、開けぬもまた地獄——。当代きっての語り部が、腕によりをかけて紡いだ恐怖七景。

阿刀田 高著
コーランを知っていますか
遺産相続から女性の扱いまで、驚くほど具体的にイスラム社会を規定するコーランも、アトーダ流に嚙み砕けばすらすら頭に入ります。

阿刀田 高著
シェイクスピアを楽しむために
読まずに分る〈アトーダ式〉古典解説シリーズ第七弾。今回は『ハムレット』『リア王』などシェイクスピアの11作品を取り上げる。

重 松 清著
ビ タ ミ ン F
直木賞受賞
もう一度、がんばってみるか——。人生の〝中途半端〟な時期に差し掛かった人たちへ贈るエール。心に効くビタミンです。

山本周五郎著

おさん

純真な心を持ちながら男から男へわたらずにはいられないおさん――可愛いおんなであるがゆえの宿命の哀しさを描く表題作など10編。

三浦哲郎著

ふなうた 短篇集モザイクII

川端康成文学賞受賞

三つの性が変奏を織りなす「こえ」、夫婦の哀歓が絶頂に達する、川端賞受賞作「みのむし」など、数分間の読書が映す、無数の人生。

佐江衆一著

江戸職人綺譚

中山義秀文学賞受賞

凧師、化粧師、人形師……。江戸の生活を彩った職人たちが放つ一瞬の輝き。妥協を許さぬ技と心意気が、運命にこだまする。

J・ラヒリ
小川高義訳

停電の夜に

ピュリツァー賞・O・ヘンリー賞受賞

ピュリツァー賞など著名な文学賞を総なめにした、インド系新人作家の鮮烈なデビュー短編集。みずみずしい感性と端麗な文章が光る。

メリメ
堀口大學訳

カルメン

ジプシーの群れに咲いた悪の花カルメン。荒涼たるアンダルシアに、彼女を恋したがゆえに破滅する男の悲劇を描いた表題作など6編。

S・モーム
中野好夫訳

雨・赤毛

―モーム短篇集（I）―

南洋の小島で降り続く長雨に理性をかき乱されてしまう宣教師の悲劇を描く「雨」など、意表をつく結末に著者の本領が発揮された3編。

新潮文庫最新刊

重松 清著
きみの友だち
僕らはいつも探してる、「友だち」のほんとうの意味――。優等生にひねた奴、弱虫や八方美人。それぞれの物語が織りなす連作長編。

唯川 恵著
恋せども、愛せども
会社員の姉と脚本家志望の妹。郷里の金沢に帰省した二人は、祖母と母の突然の結婚話に驚かされて――。三世代が織りなす恋愛長編。

金城一紀著
対 話 篇
本当に愛する人ができたら、絶対にその人の手を離してはいけない――。対話を通して見出されてゆく真実の言葉の数々を描く中編集。

湯本香樹実著
春のオルガン
いったい私はどんな大人になるんだろう? 小学校卒業式後の春休み、子供から大人へとゆれ動く12歳の気持ちを描いた傑作少女小説。

橋 本 紡 著
流れ星が消えないうちに
忘れないで、流れ星にかけた願いを――。永遠の別れ、その悲しみの果てで向かい合う心と心。切なさ溢れる恋愛小説の新しい名作。

志水辰夫著
帰りなん、いざ
美しき山里――、その偽りの平穏は男の登場によって破られた。自らの再生を賭けた闘い。静かに燃えあがる大人の恋。不朽の長篇。

新潮文庫最新刊

吉本隆明著
日本近代文学の名作
名作はなぜ不朽なのか？　近代文学の名篇24作から「名作」の要件を抽出し、その独自の価値を鮮やかに提示する吉本文学論の精髄！

阿刀田高著
短編小説より愛をこめて
短編のスペシャリストで、「心中してもいい」とまで言う著者による、愛のこもったエッセイ集。巻末に〈私の愛した短編小説20〉収録。

岩合光昭著
ネコさまとぼく
世界の動物写真家も、ネコさまには勝てない。初めてカメラを持ったころから、自分流を作り上げるまで。岩合ネコ写真Best of Best

半藤末利子著
夏目家の福猫
〝狂気の時〟の恐ろしさと、おおらかな素顔。母から聞いた漱石の家庭の姿と、孫としての日常をユーモアたっぷりに描くエッセイ。

安保徹著
病気は自分で治す
―免疫学101の処方箋―
病気の本質を見極め、自分の「生き方」から見直していく――安易に医者や薬に頼らずに自己治癒できる方法を専門家がやさしく解説。

大橋希著
セックス　レスキュー
人妻たちを悩ませるセックスレス。「性の奉仕隊」が提供する無償の性交渉はその解決策となりうるのか？　衝撃のルポルタージュ。

新潮文庫最新刊

泉 流星 著

僕の妻はエイリアン
―「高機能自閉症」との不思議な結婚生活―

地球人に化けた異星人のように、会話や行動に理解できないズレを見せる僕の妻。その姿を率直にかつユーモラスに描いた稀有な記録。

チェーホフ
松下裕訳

チェーホフ・ユモレスカ
―傑作短編集Ｉ―

哀愁を湛えた登場人物たちを待ち受ける、あっと驚く結末。ロシア最高の短編作家の、ユーモアあふれるショートショート、新訳65編。

フリーマントル
戸田裕之訳

ネームドロッパー（上・下）

個人情報は無限に手に入る！ ネット上で財産を騙し取る優雅なプロの詐欺師が逆に女にハメられた？ 巨匠による知的サスペンス。

B・ウィルソン
宇佐川晶子訳

こんにちは アン（上・下）

世界中の女の子を魅了し続ける「赤毛のアン」が、プリンス・エドワード島でマシュウに出会うまでの物語。アン誕生100周年記念作品。

J・アーチャー
永井 淳訳

プリズン・ストーリーズ

豊かな肉付けのキャラクターと緻密な構成、意外な結末――とことん楽しませる待望の短編集。著者が服役中に聞いた実話が多いとか。

L・アドキンズ
R・アドキンズ
木原武一訳

ロゼッタストーン解読

失われた古代文字はいかにして解読されたのか？ 若き天才シャンポリオンが熾烈な競争と強力なライバルに挑む。興奮の歴史ドラマ。

短《たん》編《ぺん》小説《しようせつ》より愛《あい》をこめて

新潮文庫　あ - 7 - 31

平成二十年七月一日発行

著者　阿《あ》刀《とう》田《だ》高《たかし》

発行者　佐藤隆信

発行所　株式会社新潮社

郵便番号　一六二―八七一一
東京都新宿区矢来町七一
電話　編集部(〇三)三二六六―五四四〇
　　　読者係(〇三)三二六六―五一一一
http://www.shinchosha.co.jp

価格はカバーに表示してあります。

乱丁・落丁本は、ご面倒ですが小社読者係宛ご送付ください。送料小社負担にてお取替えいたします。

印刷・錦明印刷株式会社　製本・錦明印刷株式会社

ISBN978-4-10-125531-6 C0195